L'homme idéal existe.
Il est Québécois

Diane Ducret

L'homme idéal existe.
Il est Québécois

ROMAN

Albin Michel

« Il ne faut pas préparer la poêle avant d'avoir le poisson. »

Proverbe québécois

Ô mon Dieu, il n'a pas osé! Est-il totalement naïf, inconscient, ou idiot? Je ne sais pas exactement lequel des trois serait le pire tue-l'amour, mais toujours est-il que me voilà dans un supermarché encerclé par la neige, au milieu de nulle part, par une température qui ferait boire à un Russe de la vodka comme du petit-lait, ironiquement face au rayon des produits laitiers. Un enfant de cinq ans aux cheveux de houblon me demande de le poursuivre en mimant le Bonhomme Sept Heures. Le quoi?! Une sorte d'ogre des neiges, un croquemitaine local. Son père me regarde. Il est beau à s'amouracher en un battement de cils, sa bouche est un attentat à la pudeur. Avec l'innocence de l'agneau qui va au sacrifice, il me lance :

– Qu'est-ce qu'on mange à soir ?

J'ai envie de le tondre! Ingénu, ça doit être ça. Ou complètement ahuri. On ne peut pas avoir le physique sculpté par Michel-Ange et de la jugeote, j'aurais dû m'en douter. Il doit être décérébré, ce type.

– Ça t'ennuie pas qu'on magasine pour la semaine ?

C'est comme si un éléphant venait de faire irruption dans un magasin de porcelaine. De Chine. Ancienne. Dans une vente chez Sotheby's. Et qu'il y lâchait une caisse si colossale qu'elle raflerait en un mistral intestinal le contenu de la précieuse collection.

Les trois couches de vêtements me serrent la gorge, j'ai l'impression d'enfler, d'avoir un goitre. Une goutte perle sur mes lombaires, j'ai un humidificateur dans le dos, les tempes qui coulent, je me liquéfie. Normal, tout est normal. Sauf que je ne suis pas mariée, je n'ai pas d'enfant, et je ne suis même pas dans mon pays.

– Ça te gêne de faire l'épicerie ?

Le fou, l'aliéné !

En prenant l'avion deux jours plus tôt à Paris, j'imaginais une semaine romantique, ambiance champagne et boules de neige. Je me voyais déjà m'ébrouer librement dans la poudreuse autant que dans son lit, le scénario peaux de bête et cheminée, débauche passionnée et bluette romancée. Tout sauf choisir des céréales équilibrées en famille, des yaourts à boire au bifidus actif et des produits ménagers. Il a osé me faire faire plus de cinq mille kilomètres pour m'emmener « magasiner », comme il dit ! C'est même pas français, ce mot !

10

Évidemment, il est canadien. Pire, québécois ! Pour un Québécois bien dans ses pompes fourrées au castor, c'est normal de faire traverser l'Atlantique à une jeune femme que l'on connaît à peine pour l'emmener faire des courses au supermarché avec son rejeton. Pour une phobique du couple comme moi, en revanche, une péteuse de l'engagement, c'est comme foncer sur le seul iceberg de l'océan, comme venir déguisé en SS à une fête de Kippour, ou avec une kippa à un meeting d'Al-Qaida. Il y a des choses que l'on ne fait pas, comme dire à un aveugle qu'il vient de vous éborgner avec sa canne, ou à un cul-de-jatte que le monde marche sur la tête.

Je me retourne, il va bien sentir mon désarroi. Non, il sourit sous son bonnet triple épaisseur, avec ses chaussures pleines de poils. Quelle horreur, l'autochtone veut probablement que je cuisine. Il doit y avoir une terrible erreur de casting. J'ai la prise de terre qui fait des étincelles, les câbles qui fondent. Je dois me reprendre.

J'ai déjà fait un stage de survie en milieu hostile, je vais y arriver. Le secret pour tenir en cas de danger imminent, hors de sa zone de contrôle et sans renfort, c'est de rester concentré sur la cible. L'homme célibataire, beau, adorable, drôle, sensible et piquant est une denrée des plus rares, une espèce en péril, en voie d'extinction. Je suis prête à me geler les extrémités s'il le faut, pour Gabriel.

Poussant le caddie à travers le rayon des fruits et légumes – étonnamment vaillants étant donné la température de vingt degrés en dessous de zéro –, l'ange brun me regarde avec tendresse tandis que je bourre la cage de fer à victuailles, faisant mine de connaître mon affaire. Il attend que je remplisse son ventre, possiblement son frigo, et éventuellement sa vie. Une femme fait-tout. Le petit se saisit d'une arme, une clémentine. Ce pygmée fait une ronde autour de moi, il m'encercle avec ses jambes de demi-portion dans une danse rituelle de mise à mort de la belle-mère potentielle.

– Tu veux-tu du blé d'Inde ? Pis en dessert des bleuets ?

Mais de quoi il me parle ? Il me montre du maïs et des myrtilles comme s'il s'agissait de la chose la plus évidente du monde. Je commence à sentir les effets du décalage, qui ne va pas être qu'une question d'horaire.

– Tu branles dans le manche ?

Il veut que je fasse quoi ?! Et devant son fils ?

– Ça te dit, oui ou non ?

Mais il a toujours parlé comme ça, ce gars-là ? C'est quand même pas la première fois qu'il ouvre la bouche ! J'étais trop occupée à le regarder, j'ai pas dû écouter. C'est un cauchemar.

Surtout, ne pas lâcher le gnome des yeux. Le problème, c'est qu'il est chou, ce gamin. Aussi irrésistible que son père. La chasse continue.

– Poursuis-moi, allez, poursuis-moi ! m'encourage-t-il en me tendant sa clémentine.

Il veut que je la cache dans sa capuche. Chez nous, en France, les enfants les mangent. La différence culturelle sans doute. Je lâche mon carrosse pour me lancer à la poursuite du petit monstre qui s'esclaffe et se planque derrière le postérieur joufflu d'une cliente. Je me surprends à rire moi aussi. La raréfaction de l'air sans doute, l'absence de gaz d'échappement parisiens doit me monter à la tête. Je me redresse et croise le regard ému de mon caribou des alpages. Il a l'air heureux. Oh le con.

Soudain, les lumières des néons, les accents québécois partout autour de moi… Des fourmis dansent dans mes mains, l'air se solidifie dans mes poumons, le pygmée a dû m'atteindre en plein cœur avec une flèche empoisonnée et il a mis le feu sous mes pieds. C'est l'attaque de panique.

– Il t'achale mon fils ?

Sérieusement, quoi, c'est une caméra cachée ? Un coup posthume de Marcel Béliveau ?

– Hésite pas à le dire s'il t'étrive.

Je suis loin de chez moi, bien plus loin que là où j'ai jamais accepté d'aller pour un homme. Je suis déjà dans la marmite. Il va me faire rôtir. Non, rissoler, lentement, avec amour.

Une seule solution, un avion, rentrer à Paris. Comment faire ? Nous sommes dans le village des Boules, dans le bas Saint-Laurent, à plusieurs heures de Montréal, il est seize heures et il fait déjà nuit. Du stop ? Non, vraiment, dans le noir par vingt degrés en dessous de zéro, je me vois mal tendre le pouce à travers ma moufle. Et puis si je l'enlève, je perds un membre. Je ne pourrais même plus envoyer de texto d'appel au secours à mes amies. Je vais l'assommer et prendre ses clés de voiture...

– Tu feel pas ? Té pâle ! Pis t'as de la buée dans les barniques, t'as pas l'air bien, s'inquiète-t-il tandis qu'il choisit des glaces pour le dessert.

Comme s'il ne faisait pas assez froid, le Québécois mange de la glace en hiver. C'est pour être à température égale avec l'extérieur, ou par défi envers le reste du monde ? Nous, on a le Louvre et les châteaux de la Loire, eux, ils sont capables de manger des glaces quand il gèle à vous faire crever les boyaux. C'est sûr, ça force le respect. Ils n'ont même pas besoin de congélateur dans ce fichu pays, ils n'ont qu'à tout laisser dehors. Et cet été, il se fera une bonne raclette ? Ne réponds pas, ne l'encourage surtout pas, souris, ça va passer.

– T'as-tu la chienne ?

Mais il n'a même pas de chien enfin, de quoi il parle ?

– Faut pas, ma beauté, t'excite pas le poil des jambes, ça va bien se passer.

Je rêve ou il insinue que je suis mal épilée en plus ! Devant mon air dépité, il finit par traduire :

– Je veux dire, y a pas de stress, ça va bien aller.

Pour sûr, lui ne stresse pas. Faire la grande roue dans sa tête, ça n'a pas l'air d'être son truc. Visiblement il s'amuse de mon petit manège intérieur, il a comme un rictus sur le visage. Il passe sa main dans mes cheveux, et lâche :

– J'en ai connu des cas, mais des comme toi, jamais.

Puis il se dirige vers la caisse avec la même décontraction.

– Peux-tu ouvrir la valise ?

Je veux bien essayer, mais je n'ai aucune idée de ce dont il me parle. Et honnêtement, je ne vois pas bien l'intérêt de mettre les courses dans une valise.

– De mon char !

Je suis tombée sur un fou…

Comment une intello de la capitale se retrouve-t-elle sur le parking d'un supermarché entouré de neige à chercher un char, avec un Canadien derrière elle ? Parce qu'elle a eu LA révélation, celle que toutes les femmes espèrent : sous une chemise à carreaux faussement élimée elle a découvert le graal, l'homme idéal. Sauf qu'il ne se trouve pas sur les boulevards de Paris, il est québécois. Et ça complique un peu les choses.

Dans les contes, le prince risque sa peau pour prouver sa vaillance et mériter l'amour de sa belle. Dans la vraie vie en revanche, les femmes ne sont pas que des grosses feignasses qui passent leur temps à dormir dans une robe qui coûte un bras, enfermées dans un cloaque humide en attendant qu'on les délivre. Elles votent, conduisent, pilotent des avions et dirigent même des pays. La face cachée de la médaille, c'est que c'est donc à elles de braver mille dangers inconnus pour trouver leur chevalier. Ça y est, j'ai compris ! Avant de pouvoir profiter de mon trésor, les dieux du sexe me soumettent à une série d'épreuves. Ce supermarché, c'est le premier de mes douze travaux d'Hercule, mais version couple. Qu'est-ce que je croyais, que l'univers allait me laisser me la couler douce comme ça, avec un démiurge façon dieu du stade, après une décennie d'histoires franchement foutraques, sans tester ma motivation ? Je vais me reprendre.

Je finis enfin par décoder que c'est le coffre de la voiture qu'il veut que j'ouvre. Je me sens nulle.

– J'ai envie de te frencher quand t'es comme ça.

Je crois qu'il va m'embrasser.

Consommer local

J'avais, avant Gabriel, rencontré plusieurs exemplaires du parfait prototype du Parisien et j'en avais ma claque. Celui qui en plein dîner reçoit sur son téléphone la notification d'un site de rencontres, celui qui vous invite à une séance de yoga pour faire connaissance et vous reluque le postérieur en pleine salutation au soleil, au point d'avoir tous les muscles en tension, vraiment tous. Celui qui porte des sous-vêtements à l'effigie de superhéros – à quel moment il a pensé que vous craqueriez sitôt son Batman sorti, celui-là ? Celui qui est commissaire et finit toujours par sortir sa carte de police au lieu de sa carte de crédit quand il faut payer. Celui qui vous désire tellement qu'il vaut mieux ne pas céder à la tentation, cela gâcherait tout parce que le bonheur parfait est impossible à deux, ou celui qui vous promet de décrocher les étoiles mais qui au final ne parvient pas à vous décrocher le soutien-gorge sans vous labourer le dos ou vous esquinter la dentelle.

Dans mon Pays basque natal, au milieu des années 1990, il faut dire que pour les hommes, on n'avait pas une grande diversité de produits. En dehors de la saison estivale qui déversait en masse sur les côtes de l'Atlantique des touristes du monde entier, il fallait consommer local. Et les spécialités régionales se résumaient au surfeur, au rugbyman et au berger. Ces trois-là laissaient aux Parisiennes aux épaules rougies par le soleil et au nez pelé des souvenirs impérissables, mais pour les jeunes femmes du cru, cela manquait cruellement d'exotisme.

Il y avait eu Xabi, les cheveux blondis par le sel de mer, bronzé toute l'année, et un spectaculaire tatouage polynésien sur le bras – histoire de détourner l'attention de ce qui aurait dû être plus impressionnant en soi. Il collectionnait les planches, qui décoraient son appartement. Évidemment, son rêve c'était de surfer à Teahupoo, à Tahiti, sur les plus hautes vagues du monde. Il se déplaçait dans un van, type combi Volkswagen, pour suivre la houle. Il y dormait aussi, souvent. Il m'emmenait fumer de l'herbe les pieds dans le sable face à la mer, m'expliquait inlassablement la différence entre « une gauche » et « une droite », car c'est important de bien savoir « lire la mer » avant de se confronter à elle. Au début, cela semble paradisiaque, un surfeur.

Certaines de ses qualités sont indiscutables : sa musculature sèche et bien dessinée. Barbotant toute la journée dans l'eau, le type est très propre, plutôt jeune d'esprit, il aime la nature, devine dans l'océan les courants invisibles, et avec lui, on ne risque jamais de se noyer. Il sait être humble face aux éléments, en phase avec les cycles naturels. Le hic, c'est qu'il paraît avoir la petite trentaine alors qu'il a quarante ans bien tassés, mais on ne le voit pas vieillir, le sel conserve. Il se traîne une flopée de groupies qui l'attendent des heures en maillot brésilien sur le sable, même quand il pleut et qu'il faut se rabattre dans le combi avec ses dix copains sans lesquels il ne se déplace jamais et l'odeur d'herbe froide coagulée dans l'habitacle. Et puis il gratte. Impossible de passer une nuit sans avoir du sable partout. Et croyez-moi, il n'y a que dans les films que cela semble agréable. Au bout de la dixième soirée de la saison à boire de la bière chaude sur la plage, devant un feu de camp en écoutant un de ses potes tenter de jouer de la guitare, tandis que lui médite sur l'immensité de la voûte étoilée, on a soudain envie de quitter ses tongs, d'enfiler de vraies chaussures et de finir ses études.

Ensuite, il y avait eu Antoine, demi de mêlée.

Brun, massif, franc. Dans une mêlée fermée, lorsque les hommes-shorts se grimpent les uns sur les autres et qu'on ne sait pas bien ce qu'ils font, c'est lui qui balance le ballon à l'intérieur, l'en fait sortir pour cavaler avec, sautiller, puis le lancer. Le rugbyman, c'est l'assurance du muscle, mais enrichi d'hectolitres de bière et de kilos de cochon grillé. Antoine, comme les autres, avait les oreilles prêtes à s'envoler, les arcades sourcilières tellement ouvertes qu'elles tombaient au niveau des yeux, lui donnant un petit côté déterminé qui n'était pas pour me déplaire.

Il y a des bons côtés à fréquenter un athlète : aucune étagère n'est trop haute pour attraper un livre, et s'il faut la monter, pas besoin d'outil, il enfonce les clous avec son poing. Mais il faut aimer passer ses week-ends assise sur un banc à le regarder brouter et se faire aplatir par d'autres bestiaux aussi costauds que lui. Excitant ? Au début, mais on s'en lasse vite, surtout lorsqu'il faut appliquer des cataplasmes sur ses contusions et des poches de glace sur ses hématomes. Et passer ses soirées dans les – nombreuses – fêtes de village parfumées à la ventrêche en buvant de la jacqueline, mélange hasardeux de vin blanc, limonade et grenadine, qui fait encore plus de mal en ressortant qu'en entrant, ou du kalimucho, savant cocktail de vin rouge au Coca-Cola. À partir du cinquième verre, la soirée tourne à la bagarre générale. Et les soirs de grand chelem, les femmes des rugbymen des équipes rivales s'y mettent, se crêpent le chignon, en se balançant quelques bourre-pifs. C'est étonnant ce qu'un œil au beurre noir peut souder certains couples…

Le trip du berger est très différent. L'homme est plus solitaire, il est authentique et taiseux. Olivier était aussi court sur pattes et sauvage que ses brebis et ses pottoks, des petits chevaux rustiques bien de chez nous. Il avait un regard des plus bruns, sec comme le nerf de bœuf avec lequel il maniait son troupeau. Évidemment, pour tâter du berger, il faut aimer la coupe mulet et la chaîne en argent à grosses mailles qu'il ne quitte en aucune occasion. Son point fort, c'est de pouvoir porter le béret sans être un bobo honteux ni avoir l'air ridicule. C'est amusant de boire dans sa gourde en peau de bouc retournée sans s'en mettre partout, et la ferme basque est tellement pittoresque de l'extérieur, avec ses murs blancs et ses volets rouges, au milieu de la verte prairie. Sauf que les bestiaux dorment, se reproduisent ou mettent bas juste en dessous… et que les murs de chaux laissent passer des araignées velues. Le berger ponctue toutes ses phrases d'un simple mot : «Dià!», une interjection bien commode pour exprimer la joie, l'étonnement, la surprise, la colère, la rancœur, et même l'ironie. Ce qui raccourcit sévèrement les dialogues… En plus, le berger, par temps de pluie, il rouille. Et dans ce pays, il pleut à l'horizontale trois cents jours par an.

Olivier fixait la campagne et ses bêtes, Xabi regardait les vagues et Antoine le ballon. Forcément, mon baccalauréat en poche, j'arrivai à Paris avec curiosité et gourmandise. Enfin j'allais découvrir un peu de diversité masculine ! Avec potentiellement de la galanterie, de l'allure, et évidemment de la conversation.

J'y avais rencontré un jeune Israélien polyglotte et astrophysicien, Ziv. L'enthousiasme méditerranéen de ce brun un poil chauve mais si passionné, l'accent étrangement savant mêlé de circonvolutions ashkénazes m'avaient mis la tête en orbite. Après de longues semaines à échanger par écrit sur la science, il m'avait invitée à venir écouter une de ses conférences dans le Sud-Est. Me voilà partie pour Uzès, ayant pris soin de réserver une chambre dans le même hôtel « en toute amitié ». Précaution d'usage employée pour me dédouaner de ce que j'espérais faire par la suite. Le message était limpide : la porte est fermée, mais la clé se trouve sous le paillasson.

Pendant notre balade dans les ruelles de vieilles pierres, il calculait pour moi la prochaine date de passage de la comète de Halley, qui ne met pas moins de soixante-seize ans pour accomplir sa révolution autour du Soleil.

– Chaque apparition est unique, celui qui la voit sait qu'il mourra avant son retour… Comme un soleil qui s'éteint et livre une dernière course flamboyante pour mieux voir les hommes à la nuit tombée et rire de leur petitesse.

Ce genre de phrase m'avait fait crépiter l'utérus, l'équivalent de la vue d'une carte de crédit Black pour une chercheuse d'or. Après la conférence nous avions bu quelques verres dans sa chambre et échangé un baiser à embraser la galaxie. Puis rien. Chastement rentrée dans ma chambre, j'en avais encore le souffle coupé. Prendre son temps, mieux se connaître me semblait une bonne chose. Un homme qui veut attendre, quelle surprise ! Après un petit déjeuner partagé entre œillades et confitures, chacun rentra chez soi. S'ensuivit un mois de messages enflammés et de conversations nocturnes au téléphone, préliminaires verbaux aussi longs qu'un roman anglais du XIXe siècle. Quand je le revis enfin, il m'invita à regarder *La Guerre des étoiles*, en hébreu. Visiblement, c'était le seul moyen de motiver son « petit Jedi ». J'éclatai de rire, pas lui. Avoir le sens de la gravité pour un type qui étudie les planètes, c'est un comble, mais j'ai un certain attrait pour tout ce qui est complexe dans l'univers, y compris chez les hommes. Je venais de découvrir une des plaies de ma génération : le geek, l'homme à t-shirts avec des bonhommes imprimés dessus. Il fait partie de ces hommes-pourquoi, ceux pour lesquels on s'emballe et on se déballe très rapidement en se demandant comment on a pu être attirée, comment on a pu penser que c'était une bonne idée alors-que-c'était-écrit-sur-sa-tête-que-c'était-un-mauvais-plan ?

Mon dernier Parisien en date, Laurent, m'avait fait passer l'envie d'écouter du Piaf. Brillant, branché et fortuné, un spécimen typique de Saint-Germain-des-Prés. De la target de premier plan. Il faisait encore jeune, mais lorsqu'on fait encore jeune, c'est qu'on ne l'est déjà plus. Son cou trahissait les années qu'il cachait. Ses yeux verts intenses s'allumaient, eux, d'un désir presque juvénile.

Cent cinquante-trois. C'était le nombre de petits carreaux blancs et rouges de la nappe de notre table. Je compte quand je stresse. Ça ne me détend pas, mais ça me donne de la contenance et un air profond. Sur l'échiquier, chacun avançait ses pions, évitant l'échec et mat de la séduction : tomber amoureux. J'avais bien entendu les mises en garde, ce genre d'homme est un loup pour la femme, la fable bien connue du type qui ne veut pas s'engager, fait en téflon, sur lequel tout glisse, maîtresses et sentiments, alors mieux vaut prendre ses jambes à son cou avant qu'il ne le fasse. Mais ce soir-là, j'étais sourde et je me retrouvai dans son appartement. Bougies au salon, champagne pour madame, lui ne buvant que de l'eau, pour assurer. Murs sombres, draps rouge bordeaux assortis aux lourds rideaux de velours, une sorte de grotte, d'antre de Priape. Le type connaissait son affaire, la parade du baiseur, la chorégraphie du quadra, l'intimité et l'amour en moins. Après quelques semaines, je me faisais congédier en une phrase : «Les idéalistes comme toi qui veulent le *bonheur*, ça ne se satisfait jamais de rien», lancée gracieusement sur le pas de la porte. Monsieur avait du mal à s'ouvrir avec les femmes en général, et avec celles qui pensent en particulier. La perspective d'une femme dotée d'un cerveau faisait visiblement un effet de matière noire sur ses capacités érectiles. Puisqu'il ne pouvait pas «s'ouvrir avec moi», je lui avais envoyé un ouvre-bouteille ainsi qu'un ouvre-boîte, avec un mot disant qu'il serait désormais outillé pour la prochaine fois qu'il croiserait une perle rare. Évidemment, après ça, j'étais devenue la femme de sa vie, mais trop tard, j'en avais fini de ma phase connards.

Nombre de personnes de sexe féminin ont une phase – de durée variable quoique assez longue – d'attrait pour les mauvais garçons. Ceux qui dénigrent, font tourner en bourrique, ne rappellent pas, font naître les doutes les plus fous et la jalousie qui va avec. «Je ne suis pas assez jolie, je dois être trop grosse, je dois l'étouffer, c'est de ma faute», etc. Voilà les résultantes de ces égoïstes du bien-être qui savent que le meilleur moyen d'atteindre une femme est de toucher son narcissisme, de piquer au vif sa capacité de séduction en la remettant en question. La proie prend alors l'angoisse dans laquelle l'homme la plonge pour de l'amour. En France, ne nous a-t-on pas toujours enseigné que la passion fait souffrir ? Les symptômes sont assez proches, il faut dire. Rumination perpétuelle, nœuds dans le ventre, boule dans la gorge lorsque l'autre est en face, surexcitation lors de réception de messages. Ces manifestations, celles des débuts amoureux, le connard sait les faire durer, les entretenant par son absence.

La recette est inratable : 1. vous êtes la plus merveilleuse, l'objet de toute son attention ; 2. il se fait plus rare, devient sujet à des éclipses un peu plus longues ; 3. alors se met en route le fameux «Mais qu'ai-je fait ? Pourquoi ? Peut-être que je ne lui plais pas vraiment…». Laissez tomber, quand on cherche des excuses au manque de désir d'un homme, c'est qu'il est inexcusable. Mais ça, la bestiole prise dans les phares ne le voit pas. Le piège affectif est d'une équation très simple : alors que le type nous dit qu'il est tellement bien avec nous, qu'on est si drôle et si belle, ses gestes ne correspondent à aucun de ses propos, il nous fuit. Bref, il nous trouve tellement géniale qu'il va voir ailleurs. Et paradoxe des paradoxes, ce type est une vraie tapette à souris pour celles qui doutent d'elles.

Il applique la technique du connard invisible – malheureusement la plus répandue. Il espace les tête-à-tête, se fait moins pressant. À la surface tout va bien, il est gentil mais il multiplie les excuses pour ne pas nous voir, il a soudain tout un tas d'activités et de copains qu'on ne lui connaissait pas. Les messages deviennent sans saveur, sa main est molle dans la nôtre, sa langue tiède. Bref, il ventile mais ne rompt pas. Ce serait trop simple. On pourrait passer à autre chose, non, il s'offre un shoot d'autosatisfaction parce qu'on le cherche, on se fait de plus en plus belle pour raviver sa flamme, croyant ferrer le lièvre. Il a le beau rôle, pas d'engueulades ni de reproches, pas de larmes ni de drames, pas de lampes cassées, dans sa tête c'est déjà fini, il a juste oublié de nous prévenir, et pas envie de rompre son confort. Il bouge en sous-marin, il n'émet plus qu'en basse fréquence. Mais s'il agit ainsi, ce n'est pas par lâcheté, non, pensez-vous, c'est parce qu'il respecte et estime notre intelligence : il se dit qu'on va finir par comprendre toute seule, comme une grande. Il nous laisse juste le soin de faire tout le boulot, se repasser mille fois dans notre tête nos échanges pour être bien sûre de ce qui s'est passé. Quand on en est à montrer l'historique des messages aux copines, c'est que ça commence à bien mijoter. Quand on lui écrit un mail que l'on reprend dix fois, c'est cramé, on en prend pour six mois ferme de dévalorisation et prise de tête.

Le secret de ce connard tient dans la dialectique de l'absence et du manque, qui attise le désir comme rien d'autre au monde. À celle qui est affamée, le moindre morceau de pain sec semble un mets délicat, pétri pour elle d'amour et d'espoir. Quelques gouttes suffisent à l'assoiffée pour en redemander. À la lumière du jour, on se serait bien vite rendu compte qu'il n'était qu'un feu de paille dont la vie, les réflexions et les rêves étaient bien moins intéressants que sa manière de les vendre. Mais ces vampires de l'amour, on ne les voit que la nuit.

Attention, ne mettons pas tous les connards dans le même panier ! Traiter un type d'« espèce de connard », c'est lui faire trop d'honneur. Il est rare qu'il représente une espèce à lui seul, et il y a plusieurs catégories de connards dont il convient de donner une typologie bien précise, classée par potentiel de nuisance.

Après le lâche susmentionné, il y a tout d'abord le vrai égoïste, celui qui a la collectionnite aiguë, l'esprit orgiaque, qui use de manipulation affective pour dominer l'autre, cache toujours au fond une peur de l'intimité autant que de l'imprévu. S'il a parfois du remords, il ne nourrit néanmoins aucun projet de changement, son comportement le satisfait, il s'en repaît. Au-delà du coït, il refuse tout engagement. Ce connard-là est assez nocif, mais heureusement plutôt rare.

Vient ensuite le marathonien. Celui qui s'engage puis se rétracte, qui s'enfuit à toutes jambes. Il a rêvé au-dessus de ses moyens, a promis bien plus qu'il n'a en banque affective. Il attrape un coup de cœur aussi vite qu'un coup de soleil sur les épaules d'un roux. C'est intense, ça dure deux semaines, et une nouvelle peau remplace vite la précédente. Il y a en lui une certaine sincérité, un manque de jugement et de connaissance de lui-même plus qu'un art de la duperie. À cette catégorie s'ajoute l'infidèle. Celui-là s'engage. Il est là pour vous, mais autant que pour une autre. Enfin, il y a le connard mal dans sa peau. Celui qui s'engage, certes, mais rabaisse l'autre parce qu'il ne supporte rien de tout ce qui le dépasse, rabote les pousses qui le toisent. Surtout si, en plus de jolies jambes, elles ont de l'esprit. Ce modèle-là est le plus destructeur, car si le premier agit sur la confiance en sa capacité à plaire, le deuxième sur sa confiance en l'amour, le troisième sur la confiance en l'autre, le dernier attaque la confiance en soi, le bastion qui tarit toutes les autres sources à leur naissance.

Mais le pire, c'est que le connard, au fond, n'en est pas souvent un. Il se comporte comme tel, c'est tout. C'est pour cela qu'on l'excuse, qu'on lui pardonne, qu'on l'aime. Justement parce qu'en réalité il souffre, il se sent perdu, mais ne le fait pas exprès – il ne manquerait plus que ça ! On le plaint, et on veut le racheter. Pourquoi ? Parce qu'il a besoin de nous, croit-on.

Cette phase s'étend généralement chez la femme de l'adolescence avec ses premiers idéaux d'amour-passion jusqu'à l'âge où les hormones commencent à se mettre en branle et réclament un père potentiel. Là, ses yeux s'ouvrent soudain à la flopée de types gentils et attentionnés qu'elle a croisés, fréquentés autrefois mais sans jamais avoir eu envie de sortir avec eux. Ce renversement s'opère souvent à partir de trente ans. Voilà pourquoi on voit beaucoup de connards avec des femmes plus jeunes, les autres sont hors de leur portée.

Sans rentrer forcément dans une de ces catégories, le Parisien se la joue distant, il maîtrise le jeu de l'attente aux règles très strictes : ne pas appeler tout de suite la demoiselle, ne pas répondre immédiatement à ses textos, la faire douter de l'intérêt du mâle. Jeu du chat avec la souris qui veut faire la bête à deux dos. La Française, elle, ne chasse pas, mais roucoule comme la perdrix sous les feuillages en attendant d'être débusquée. Une Française séduit rarement, elle est séduite. Si elle doit sortir de son statut d'objet convoité, elle vous le fera payer : elle se demandera toujours si vous la désirez vraiment et, comme c'est une femme, conclura par la négative, et attendra immanquablement des preuves du contraire, qui jamais ne suffiront à la rassurer. Elle pardonne rarement une occasion manquée et préfère les offensifs. Elle adore celui qui l'écoute pendant des heures, mais couchera avec celui qui lui impose son temps, ses modes. Lorsqu'une Française abat ses cartes, il faut prendre la main sans attendre, elle supporte mal les délais.

Le problème c'est que je suis provinciale. Et la séduction des Parisiens exige des qualités de stratégie, un déploiement d'énergie que je n'ai pas et qui me fatiguent rien que d'y penser ! Non que j'aie une grande expérience en la matière, bien au contraire, j'ai toujours été des plus classiques. Je ne suis pas une chasseuse, plutôt une cueilleuse. Une seule fois j'ai fait l'amour à plusieurs, mais seulement parce que je fréquentais un homme aux personnalités multiples ! Il passait son temps à me répéter :

– Je suis sûr que tu vois quelqu'un d'autre.

Lorsque je l'ai quitté, lui et ses identités parallèles l'ont pris à la fois bien, très mal, et vraiment mal.

Terminé les sorties d'appartement au petit matin les collants à la main. Après Monsieur Ouvre-bouteille, j'avais décidé de me vouer à l'attente de l'homme idéal. Dès lors, c'était le désert des Tartares du slip, le trou noir de l'érotisme. Ma vie était devenue un triangle des Bermudes pour types potables.

Je ne couchais pas, et m'étais résignée aux sous-vêtements en coton qui boulochent. Au point que mes voisines, aux jupes plus plissées que le visage, dont les coutures étaient faites main, me croisant dans le couloir, se moquaient du peu de passage qu'il y avait devant ma porte. Quand vos voisines de soixante-dix ans se font picorer le bonbon plus souvent que vous, vous savez que vous êtes en train de rater votre vie.

Une seule solution, déménager. Encore faut-il faire le tour des annonces immobilières. « Jeune homme, fonctionnel, entièrement meublé avec goût, trente-cinq ans, loi Carrez, clair et calme, vue dégagée, idéal pour jeune femme, professions libérales acceptées, colocation possible. Squatteuses ou locataires à la semaine s'abstenir. » Sauf qu'à Paris, le marché est saturé. Les annonces sont souvent trompeuses, les photos des biens datent de la réunification des deux

Allemagnes, y a pas souvent la lumière à tous les étages, la tuyauterie est parfois fichue, et pourtant dès le premier jour de visite une foule compacte de désespérées attend déjà devant.

Il ne me restait plus qu'Internet et ses sites de rencontres qui offrent nombre d'hommes à adopter sans passer par l'enquête de moralité ou les pays du tiers monde. Les candidats sont géolocalisés, prêts à être livrés à domicile. Mais après être allée visiter les profils inscrits, j'ai vite déchanté : en une heure de temps, j'ai croisé dix «Brad-Pitt», des «Romantik-Loveur», des «Eden», des «Frippon», des «Coup-d'un-soir», des «Un-mec-gentil». Celui-là est le plus triste, la première chose qu'il indique sur sa fiche : «Je suis un papa», comme s'il sortait une main du maquis avec un drapeau blanc en signe de paix en espérant ne pas se faire manger tout cru par les lionnes. Tous les autres ont le même slogan publicitaire : «Je suis un mec simple et cool, je cherche quelqu'un de pas prise de tête.» Ça sent l'angoissé à cent mètres, au moins autant que ceux qui arborent des t-shirts «Je suis zen» : il n'y a que les hyper-stressés pour tenter une chose pareille.

C'est fou ce que les hommes sont cultivés sur Internet. Je n'ai jamais recensé autant de lecteurs de Proust et de Baudelaire, comme s'il fallait montrer son quotient culturel pour avoir droit à de la pouliche de premier choix. Pour se lancer dans ce genre d'aventure, il ne faut définitivement pas être sensible de la langue, et avoir une grammaire très flexible. Les aficionados du langage abrégé sont légion. De toute évidence, Baudelaire, ils l'ont lu les yeux fermés, et Proust sur un banc de musculation. Car il y a un virus qui circule sur le Net : les hommes s'y affichent tous torse nu. En gros plan pour ceux dans la vingtaine, à côté de leur objet fétiche dans la trentaine, la voiture ou la moto en premier lieu. Il y en a même un qui s'est photographié avec un ananas ! Je n'ai pas bien saisi le message qu'il tentait de faire passer… Et vers quarante ans, ils se rhabillent, ne prennent plus en photo que la voiture ou la moto. Moi qui n'ai aucune attirance particulière pour les grosses cylindrées, j'ai débrayé aussi sec.

Passablement dégoûtée des hommes, j'allais en désespoir de cause donner mon amour à Dieu ! Bonne sœur je ne pourrais pas : le célibat certes, ça me connaît, mais le crucifix, ça doit faire mal. Même si je ne m'aime pas moi-même, lui, qui aime tout le monde, il va m'aimer comme je suis. Il ne me demandera pas de changer. Il ne me jugera jamais, ni ne me trompera avec une autre, il ne me quittera jamais. Partout où j'irai, même quand j'irai acheter des chaussures, faire les soldes ou dîner chez ma mère, il sera avec moi. Je vais lui offrir tout mon amour, parce qu'il le mérite, lui ! Mais lequel choisir ? J'ai déjà mis trois mois à me décider pour un opérateur téléphonique !

Dans le judaïsme, il faut faire shabbat. Ça a l'air contraignant. S'abstenir de faire les courses ou la cuisine ne me changera pas trop. Ne pas faire usage d'objets électriques ensuite : une soirée à la bougie, pourquoi pas, mais toutes les semaines… Point positif, faire l'amour à sa femme est obligatoire. C'est déjà ça de pris. Mais si on ne peut pas appeler ses copines après pour leur raconter, ça ne vaut vraiment pas la peine. Puis je le trouve un peu soupe au lait, ce Dieu-là, encore un qui veut d'incessantes preuves d'amour. Abraham est à deux doigts de tuer son fils, Jonas finit bouffé par une baleine, Moïse crève de soif dans le désert… C'est un peu extrême pour moi.

Le bouddhisme me tente assez. Sortir de l'ignorance, des désirs et de la souffrance, ça a l'air bien. Sauf qu'il ne faut pas manger de nourriture solide entre midi et l'aube. Quand alors ? Si c'est pour ingurgiter des soupes toute la journée, autant faire un régime. Quand je regarde Bouddha, chauve et obèse, c'est pas ce qui me fait le plus envie, qui plus est. Sans parler de son enfer, constitué de huit enfers chauds et huit enfers froids, où les pécheurs s'arrachent mutuellement la chair avec des griffes de métal. On dirait un spa scandinave sado-maso… J'ai les idées larges, mais tout de même.

Le christianisme sinon, pourquoi pas. J'aime bien Jésus. Messie, fils de Dieu, fils de l'homme, déjà, sur une carte de visite, ça en impose. Il est jeune, a les cheveux longs, traîne avec ses potes, transforme l'eau en vin, a des soucis avec l'autorité, et un problème avec son père. On est tous passés par là. Un seul commandement : s'aimer les uns les autres. Mais en même temps, je n'ai pas vraiment envie d'aimer tout le monde. Encore moins ma voisine raciste, pingre et qui pue. Quant à boire le sang de Jésus, on oublie. L'hémoglobine, ça me fait tourner de l'œil.

Pourquoi veulent-ils tous que je souffre ? N'y en a-t-il pas un, rien qu'un, qui veuille mon bonheur ? Eux qui étaient censés ne jamais me changer ni me juger, visiblement ils ne font que ça. En plus de faire tout le temps la gueule. On avait dit : ça suffit les connards !

Me voilà revenue à la case départ. À la recherche d'un homme sans codes imposés ni faux-semblants, dont le rire ramènerait le soleil quand les nuages

plombent ma petite tête, qui ne me dirait jamais :
« Arrête », mais : « Continue », qui m'aimerait comme
l'enfant que je ne cesserai jamais d'être et comme la
femme que je ne serai jamais tout à fait, qui m'aurait
choisie, moi, autant que je l'aurai choisi, lui, et qui
me donnerait l'impression d'avoir trouvé ma maison
sur terre, mon éden. Bref, je ne demandais pas grand-
chose.

Première rencontre, rester chic et sobre

Sortant un soir de pluie de chez mon éditeur, des dizaines de pages sous le bras, sur lesquelles j'avais sué sang et eau, je m'arrête par hasard devant une galerie d'art. Les toiles colorées attirent mon œil perdu dans la grisaille de décembre. Elles semblent immenses et ardentes, une étrange harmonie s'en dégage et ne me lâche plus. Comme cette crotte de chien – probablement un caniche royal vu le quartier – dans laquelle je viens de marcher et dont je tente désespérément de me débarrasser en raclant ma semelle sur le trottoir.

Un homme à l'intérieur me sourit. Je prends un coup de chaud immédiat. Le type est pire que beau. C'est un Apollon échappé de l'Olympe. Il s'approche de la porte, l'ouvre et m'invite à entrer. Je dégouline dans la galerie. Mes pages ne ressemblent plus à rien, moi non plus. Mon gilet en mohair pèse le double de son poids tant il est imbibé. Il a un drôle d'accent, cet homme, quelque chose d'un peu pécore dans la voix, qui ne va pas du tout avec son physique de super-tanker. Ce gars-là ressemble comme deux gouttes d'eau à la prochaine chose que je vais regretter.

En attendant, avec pareil physique, je m'attends encore à me ramasser le nez sur un tombeur façon dandy ludique ou un torturé nocturne. J'ai tout faux. Je me retrouve happée par un être solaire et drôle, plutôt timide derrière ses lunettes, tandis que j'ai plus de mal à cacher mon soudain intérêt der-rière mes lentilles de contact. Je dois avoir la pupille dilatée à force de le fixer.

Il prend soin dans le fil de la conversation de pla-cer qu'il s'est récemment séparé. Avec tact, il donne l'information comme on lance une ligne dans une mer encore d'huile. Il me dit qu'il me trouve jolie, ça ne mange pas de pain. Il complimente, et il le fait sincèrement, sans arrière-pensée, au moment où ça lui traverse l'esprit.

– Vous ressemblez beaucoup à mon premier mari, je lui murmure.

– Vous avez été mariée combien de fois ?!

– Aucune.

Mais qu'est-ce qui me prend de lui dire ça, il va partir en courant ! Non, il sourit. Sérieusement, je n'ai jamais vu des lèvres aussi ourlées ! Arrête de regarder sa bouche, il va penser qu'il a un truc collé aux dents.

Entre deux gorgées de bière à même la bouteille, une heure plus tard, il n'y a plus rien à boire ni à manger, plus aucune excuse pour rester, mais la conversation nous a amenés trop loin pour faire demi-tour. Il propose d'aller dîner. Canicule cérébrale immédiate, je dois avoir de la buée sur mes lentilles de contact.

L'endroit qu'il a choisi est une vieille brasserie Belle Époque du quartier de la Bastille. La soirée ne pourrait pas s'annoncer meilleure. Il s'avance vers la table que j'ai repérée de l'extérieur. Devant l'immense cheminée, la chaleur me permettra de quitter enfin ce pull éponge et de dévoiler la robe légèrement décolletée que j'ai eu la bonne idée de choisir ce matin. De toute manière, c'est bien connu, je n'ai rien d'autre à me mettre.

Il propose de trinquer au champagne, histoire de faire plus ample connaissance. Boire ou séduire, il faut choisir. L'alcool désinhibe, c'est une chose, mais désinhiber une timide, c'est téméraire. Quelle partie de moi va s'inviter à la fête, celle qui danse sur le comptoir ou celle qui pleure son poney mort depuis dix ans ? C'est la loterie, avec la mauvaise haleine en lot de consolation. Et puis l'alcool n'évitera aucune des six étapes obligatoires des rendez-vous : joues roses, maladresses, tactiques, silences, doutes et projections. Hélas, la tentation de lever mon verre pour me donner une contenance est grande.

Quelle horreur, j'ai l'impression de ne lui dire que des banalités. Il paraît que plus on est maladroit, plus l'on se sent nul, plus c'est le signe d'une rencontre importante. Lui bafouille, c'est un bon présage. Ce n'est pas un grand bavard, ce Québécois – qu'à cela ne tienne, moi j'adore tenir le crachoir.

– Je sens que vais prendre une brosse, lâche-t-il.

Je le regarde, stupéfaite.

– Maintenant, à table ?

– J'te parle pas de mes cheveux là ! J'ai des papillons dans l'ventre, un moton dans la gorge, j'arrive même pas à te jaser ! Ça donne soif et si j'remets ça, j'vais être saoul.

Le type me parle de ses maux de gorge entre deux lampées de champagne ! Est-ce que je lui dis, moi, que j'ai des ampoules aux pieds dans mes escarpins trempés ? Je lui propose des cachets, il refuse en souriant.

– J'ai mal nulle part, je capote ben raide sur toi.

J'ai l'esprit mal tourné ou ces deux mots dans la même phrase, c'est carrément obscène ? Non, ça a l'air d'un compliment dans sa bouche. Un peu scabreux certes. Je ne comprends pas tout, mais c'est vraiment charmant ce langage, c'est frais.

Difficile de trouver un terrain de conversation, la seule chose que je sais de son pays, c'est qu'il est peuplé de chasseurs de gnous, que l'hiver y dure dix mois, qu'ils boivent de la bière, mettent du sirop d'érable dans tous les plats et qu'ils se déplacent à dos d'ours polaire ou en souffleuse à neige. Pour lui, les Français boivent plus de vin que d'eau, sont perdus sans baguette, mais surtout radins, chauvins et arrogants. Et les Françaises ne se rasent pas sous les bras. C'est faux, on s'épile. Presque tout le temps. Bon, si personne voit, ça compte pas.

Nous n'avons rien commandé et la tête me tourne. Pris dans l'instant, nous avons oublié de garder un œil sur la montre. Il est vingt-deux heures, le service est terminé.

Autour, les restaurants sont fermés. Mais deux fêtards croisés au débotté nous indiquent un établissement tenu par un Grec, en nous prévenant de nous méfier, l'homme risque de ne plus nous laisser repartir. La musique échappée des Cyclades, les photos des victuailles jaunies sur le menu font couleur locale. Le patron, assis à côté de son chat déplumé, nous offre des cigarettes et prend soin de remplir nos verres d'un alcool dont je prie pour qu'il ne soit pas distillé par le gaillard à l'œil torve qui, derrière le comptoir, essuie le même verre depuis notre arrivée. Il baisse le rideau du restaurant, et entre deux lampées d'ouzo me parle de politique grecque et de ce qu'en aurait pensé Aristote.

Tandis qu'un Parisien se vend durant le premier rendez-vous et dit ce que vous rêvez d'entendre, le Québécois, lui, il mange. Et vous regarde en souriant. Cela fait toute la différence. Il a l'air heureux, et c'est assez contagieux. Soudain, entre deux verres et deux blagues un peu osées, je me rends compte que j'ai oublié de m'en tenir à mon rire social, celui bouche close pas trop sonore. Moi j'ai un rire de camionneuse, indiscipliné et fiévreux, qui chatouille le tympan.

Ne pas partir sur des sujets trop personnels, rester mystérieuse. Il me montre d'emblée des photos de son fils. Une petite chose qui semble inoffensive aux femmes normales, qui moi me tétanise. Un vrai piège à filles tellement il est mignon. Mais peut-être a-t-il sélectionné la photo avec soin. Je me méfie. Si ça se trouve, le gosse est un monstre qui hurle ses caprices dans vos oreilles jusqu'à ce qu'elles saignent et que vous ayez envie de vous lobotomiser vous-même au couteau de cuisine – il faut absolument que j'arrête de dire « gosse », ça veut dire « testicule » en québécois... J'y vois une stratégie, lui, il partage simplement les éléments importants de sa vie. Il montre l'être qu'il aime, à un nouvel être qu'il aime bien, il mutualise les plaisirs en somme. La soirée allant, on oublie la règle élémentaire du savoir-plaire : se trouver des points communs – «Quoi, t'aimes les chats, non c'est dingue, moi aussi ! On est vraiment trop pareils ! » – et on aborde le sujet interdit, la discussion maudite : les ex. Avant d'attaquer le dessert, je sais tout de sa précédente relation et lui connaît les errances avouées de mon cœur.

Au moment où l'on nous tend la note, il semble tout heureux de la saisir. Il paraît que chez lui, la femme prend la galanterie pour du paternalisme, voire du machisme. Nous, on adore se faire inviter, c'est notre côté princesse Ancien Régime. Il est peu probable qu'une Française qui doive sortir son portefeuille, sorte quoi que ce soit d'autre le reste de la soirée. Les hommes paient l'addition, ils tiennent la porte, servent le vin à table et le goûtent. Dans le cas présent, c'est moi qui ai choisi parce que lui, il n'y connaît rien et que je n'ai aucune envie de me retrouver à boire un côtes-du-rhône trop fruité avec ma moussaka, ce serait un comble.

Il est quatre heures du matin lorsque nous nous extirpons de cette cuite athénienne. Je lui demande comment il se sent, tout en m'interrogeant sur ce qu'il pense de moi, de nous, de cette improbable rencontre dans un contexte pas très romantique. Il me répond que de m'entendre rire jusqu'aux toilettes l'a rendu heureux, qu'il est « aux oiseaux ». C'est tout. C'est un peu sibyllin, on se demande si c'est très profond ou très simple, c'est court, mais faut prendre quand ça sort.

À peine je fais un pas hors du restaurant que mon talon, que j'avais frotté comme une dératée pour le décrotter, se prend dans un pavé et se casse. La tuile. Les pavés romains, c'est bien joli, mais pas adapté aux talons aiguilles. Faudrait vraiment prévenir la voirie. J'avance avec la dignité d'un flamant rose jusqu'à ma voiture. J'ai pas envie de le quitter.

Normalement, au premier dîner, une fille arrive en retard, boit peu, passe sa main dans les cheveux, et s'éclipse avant de prendre un dernier verre parce qu'elle sait se faire désirer, embrasse le prétendant à la lisière des lèvres pour lui donner un frisson, et qu'il se demande si elle a visé sa bouche ou juste loupé sa joue. Allez penser à autre chose après ça ! Là, je ne suis plus sur mon terrain habituel, cet animal-là, c'est un élan avec une feuille d'érable tatouée sur le flanc. Et moi, je ne suis même pas épilée ! C'est bien connu, le poil indélicat reste la meilleure ceinture de chasteté qui soit pour celle qui ne veut pas aller trop vite, le dernier garde-fou quand l'alcool, le romantisme, le manque et toutes les hormones de son corps s'emballent pour la pousser au vice.

Il est tard et Cendrillon a pris un méchant coup de vieux. Le soulier de vair en vrac, il faut que je file avant qu'il ne me voie à la lumière du jour dans cet état.

— T'es ben trop chaude pour conduire.

— Pardon ?!

— J'appelle un taxi.

— Mais tu peux pas dire ça, je me suis bien tenue !

— Ça veut dire que t'es trop saoule !

La voiture arrive à notre hauteur à point nommé pour nous sortir de cet embrouillamini linguistique. Il monte avec moi.

— Tu chauffes-tu depuis longtemps ?

Mais il recommence ! On ne se connaît pas encore, c'est direct comme approche ! Je suis aphone, il réitère la demande :

— Tu chauffes bien, toi ?

— Ben, ça dépend de l'homme qui me chauffe, je vais pas me chauffer toute seule quand même !

Il a l'air déconcerté.

— T'as un chauffeur personnel ? T'en as de collé, toi.

Mais pourquoi j'ai l'impression que tout ce qu'il me dit est sale ?

— T'as des bidoux, quoi.

Je regarde mon ventre, oui j'ai trop mangé, je suis un peu ballonnée mais de là à m'en faire la remarque... Nous arrivons devant chez moi. Je m'étonne qu'il ne tente rien, pas même un baiser. Il me prend dans ses bras et me serre. Longtemps.

Me voilà rentrée, à chercher les codes de mon immeuble et ceux pour interpréter cette soirée. Est-ce que je lui plais ? Peut-être est-il gay ? Ou encore amoureux de son ex ? Et s'il n'aimait pas les intellos ? Moi, j'ai le droit de refuser de coucher, lui non, ça va de soi, il doit y avoir un problème. L'instant d'après, il m'écrit un message en me souhaitant de bien dormir.

Dès le lendemain matin, il me dit avoir bien dormi. Mais c'est quoi son obsession du sommeil ? C'est un truc de Québécois ? Il n'a rien d'autre à me dire ? À Paris, tout le monde est insomniaque, il n'a pas idée de l'incongruité de ce genre d'information.

Cet échange me déstabilise. Il ne cherche pas à me séduire, c'est sûr. Non, en fait, le Québécois communique différemment : il partage ses états d'âme.

Moi, l'homme parfait, jusqu'à présent, je le voyais plutôt latin, espagnol de préférence. Celui qui parle si bien, l'infatigable joueur de mandoline qui nous fait nous sentir spéciale à chaque mot, dont les caresses nous disent qu'on est la plus belle du monde, celui qui sait jouer sur toute la gamme des sentiments féminins, provoquant jalousie, tendresse, douceur, passion, bref, le mec *todo incluido*. Sauf qu'avec lui, les taxes ne sont pas incluses, et la facture réserve de sacrées surprises : il manque la confiance, et le reste ne vaut pas grand-chose sans cela. Ou alors italien. L'Italien, c'est le casque bleu de l'amour, toujours prêt à rendre service quand il y a une crise humanitaire dans une petite culotte.

Gabriel s'enquiert de savoir si moi aussi j'ai bien dormi. Soudain, je me sens sereine de ne pas avoir à jouer cette partie d'échecs amoureuse habituelle, où il ne faut pas découvrir la reine trop tôt, envoyer d'abord les fous et avancer ses pions un à un pour ne pas faire fuir l'autre. Il dit qu'il aimerait me revoir, mais il rentre le lendemain dans son pays. La voilà l'entourloupe ! Je me disais bien qu'il y avait un loup. Un homme qui explique qu'il aimerait véritablement, terriblement, immanquablement vous voir, mais que son agenda l'en empêche, ment. D'ailleurs, plus il y a d'adverbes, plus c'est faux. Ce simple « mais » vaut toutes les politesses pour éviter de passer pour un goujat. Il n'a simplement pas eu le truc au premier rendez-vous. Il conclut son message par « Gros becs », je trouve ça tellement direct que j'ai l'impression qu'il écrit à son pote.

C'est sûr, je ne lui plais pas du tout, je ne le reverrai jamais.

Être prête
à s'envoyer en l'air

«Couloir ou hublot?» Je me réveille d'un premier de l'an de folie passé dans la maison de retraite de ma grand-mère, minablement endormie devant la télévision avant minuit, un chapeau de papier mâché sur la tête. «Couloir ou hublot?» L'alternative qui m'est transmise par texto me fait l'effet d'un pétard en plein visage.

Les fêtes de fin d'année m'ont permis de prendre un peu de distance. Enfin surtout mon Québécois, qui est rentré au Canada le lendemain de notre rencontre. Mais à peine sa dinde au sirop d'érable digérée, le voilà qui me demande à quoi ressemble ma nouvelle année. «Je suis écrivain, elle ressemble à ce que mon imagination invente.» La distance me prête une assurance que je n'ai pas. Autrement dit, je me la joue totalement. Grossière erreur, parce qu'il me prend au pied de la lettre: «Alors tu permets que j'écrive la prochaine page? Viens me retrouver.»

Concis, précis, touchant mais sans trop d'artifices, délicat, mais le désir est exprimé. Bref, le message que l'on rêve toutes de recevoir.

Toutes, sauf moi. Je ne prends pas l'avion. J'en ai une peur bleue. Et encore, cette couleur est trop douce pour décrire l'aversion profonde que je ressens pour cette machine suceuse de kérosène. Je préfère m'immoler un bras à la simple idée d'être enfermée là-dedans. Combien d'heures pour faire Paris-Montréal ? Huit heures de vol ! Un cauchemar aussi long qu'un discours de Castro à la grande époque. « Arrive sur un saut pis sur un pet. » Il espère me décider avec ça ? Il va m'en falloir un peu plus pour me propulser jusqu'au Canada.

Comment lui dire que j'ai les boules, les glandes, les foies, que je numérote mes abattis, que j'ai les poumons collés depuis son message, je ne respire plus, j'inhale. « Arrête de niaiser, pis vient'en, ma beauté. » Je ne réponds toujours pas. « Ton numéro de passeport ? » Il sait y faire le Québécois, il doit percevoir les ondes inquiètes jusque dans sa cabane, et me tend une main pour me faire sortir du tumulte. Il est vraiment parfait, ce type. Qu'est-ce qui ne va pas chez lui ? Où est la tare, l'immondice, le secret qu'il cache sous son sourire ? Je regarde le dentier de ma grand-mère, immergé dans un verre d'eau. Toutes ces dents, ça me fait penser à lui. Si je ne prends pas l'avion pour celui-là, je ne le prendrai jamais.

Je déjeune avec des amis qui, devant ma mine décomposée, me demandent ce que j'ai attrapé pour faire une tête pareille.

– La grippe ? s'inquiète tout de suite Sidney.

– Non, juste un Québécois. Cela dit, c'est un peu similaire, j'ai mal au ventre, la fièvre au corps, la gorge nouée et mal à la tête.

– Vous avez consommé ? renchérit mon homo très libéré.

– Non.

– Paluché ?

– Non plus.

– Il t'a embrassée ?

– Mais non !

– Il est gay.

Le verdict est tombé.

– Sauf qu'il m'invite une semaine au Canada. C'est dingue, non ?

– Avec lui, rien que lui ?

– Oui.

– À l'autre bout du monde ?

– Mais oui !

Sidney allume une cigarette et prend l'air méditatif.

L'heure est grave. Il va utiliser son « gaydar », le sixième sens de tout homo qui se respecte, pour savoir même à distance ce qu'un type a dans le ventre. Et ce qu'il vaut dans un lit. Comme chez une voyante, il a besoin d'une photo pour se prononcer.

– Passer une semaine dans une maison isolée au beau milieu d'une forêt de sapins enneigés, quand on se connaît à peine, c'est un couteau à double tranchant, ça peut être le paradis ou carrément l'enfer.

Le sage a parlé.

– Attends, c'est l'année du dragon qui commence, il faut trop que tu y ailles ! m'encourage Nathalie, en couple depuis dix ans avec le type le plus adorable qui soit et férue de compatibilité amoureuse astrologique.

– Oui mais pour les Canadiens, c'est l'année du quoi ? je m'interroge.

– On s'en fout, c'est l'année du cul, vas-y, conclut Sidney qui emporte tous les suffrages.

Le déjeuner se termine sur la première résolution de l'année qu'ils ont prise pour moi : je vais monter dans cet avion. Après tout, autant aller vérifier si l'homme idéal n'est pas qu'une légende urbaine à fourrure de yéti. Chacun a ses raisons de me pousser à la faute. Nathalie, au bout de dix années de vie conjugale sans heurts mais sans rêves, s'ennuie ferme, et Sidney, le serial tombeur, est au fond un impayable romantique qui cherche une preuve de l'existence de l'amour.

« D'accord, mais tu vas être obligé de connaître mon deuxième prénom alors et ma vraie date de naissance », je lui envoie le soir, après encore quelques cogitations. « Ça va être super le fun de t'avoir ici, je trippe à l'os. » Les textos et le décalage horaire n'aident pas à se comprendre. Peu importe, je flotte déjà sur un petit nuage.

Après deux nuits sans sommeil, l'heure du départ approche. Surtout ne pas penser aux inquiétantes disparitions d'avions dont parlent les infos. Me concentrer sur ma valise. À part des pulls et des grosses chaussettes, il faut quoi pour le Canada ? On emporte des sous-vêtements coquins pour retrouver un homme dont on ne sait rien ? Fer à lisser ou à friser ? Le dilemme est de taille. Tant pis, j'improviserai sur place. Sauf qu'il n'est pas à trois ou quatre stations de métro, mais à huit heures de vol… Misère. Pour me rassurer, j'imagine nos retrouvailles somptueuses. Je marcherai vers lui au ralenti, il sera subjugué, il me serrera contre lui et m'embrassera, ce sera inoubliable !

On calcule l'intérêt sexuel d'une femme au nombre de tenues prévues pour le premier rendez-vous, multiplié par le nombre d'amies auxquelles elle en a parlé, divisé par la date de son dernier passage chez l'esthéticienne. Personnellement, l'ensemble de ma garde-robe est éventré sur mon lit, j'ai retourné mon appart, tout mon répertoire est au courant, j'ai laissé tout mon livret A chez l'esthéticienne, et au bout d'un an d'abstinence, je dois émaner le sexe, le projeter sur grand écran au-dessus de ma tête.

Que porter pour mon arrivée, c'est la question vitale. J'envisage le jean que j'espère mettre depuis des mois, parce qu'au moment où je l'ai acheté, j'ai dit fièrement à la vendeuse : «J'ai pris deux kilos, mais je vais les perdre.» Mais assise pendant huit heures, je vais coaguler et débarquer paralysée de l'arrière-train tellement il est serré. Un décolleté ? Oui, mais quelle profondeur ? S'il dévoile la naissance des seins, c'est une promesse d'idylle, si le gésier est découvert, ça fait buffet à volonté. Chemise et pantalon ? Il va avoir l'impression de passer un entretien d'embauche affective. Pantalon moulant et t-shirt simple, c'est bien, sans trop en faire. Les ongles, doivent-ils être rouges ? Non, je risque de les ronger à la première turbulence, et rien de pire qu'un vernis écaillé qui fait poissonnière.

Le stress monte. Je me raisonne. Il s'en fout de ton vernis, reste détendue. Existe-t-il chose sur terre plus énervante que l'injonction à se détendre, c'est peu probable. À part quand, à quelques minutes du départ pour l'aéroport, on a finalement opté pour un vernis *nude*, mais qu'en s'habillant on l'a étalé sur ses vêtements, et que trop occupée à calculer le retard qu'on va avoir, on a oublié de calculer le temps de pose. Il faut donc refaire toute l'opération, et changer de tenue. Détends-toi ! Après tout, tu n'as rien à perdre. Faux : d'abord, il y a ces deux kilos qui m'empêchent de rentrer dans mon jean, ensuite, vu la proportion d'hommes célibataires sur la planète par rapport aux femmes, considérant les déjà pris, les hors d'usage, et ceux qui ne sont pas encore arrivés à maturation, j'ai intérêt à filer même ongles nus, quelle indigence !

J'hyper-ventile tout le long du trajet en taxi. Mon sternum est verrouillé et ne veut plus laisser passer l'air, l'arbre à la con senteur vanille me soulève le cœur. J'envoie des messages désespérés à mes deux mousquetaires sauf qu'un dimanche à huit heures du matin, ils dorment, les lâches. Le chauffeur se croit dans un film, il a le pied aussi lourd sur l'accélérateur qu'il a forcé sur l'eau de Cologne. Je me sens mal.

Je tends mon billet, tremblante, à l'hôtesse qui préside à l'embarquement, priant secrètement qu'une alerte à la bombe m'empêche de décoller. Pour une fois que les pilotes de la compagnie ne font pas grève, c'est le bouquet ! Jamais là quand on a besoin d'eux ! Mon beau Québécois m'envoie un message me disant de faire un pas de plus, la première chose que je verrai en arrivant, ce seront ses bras. Il est incroyable, cet homme, il me sent.

Accepter les turbulences

Dans l'avion, je focalise mon attention sur le bar ambulant de l'hôtesse, rempli d'alcool. Je me retrouve assise à côté d'un ancien pilote qui ne suce pas que des glaçons. Nous entamons une discussion à bâtons rompus et verres brisés à mesure qu'on m'apporte des petites fioles que je vide sans réfléchir aux conséquences. Il me raconte par le menu tous les accidents qu'il a évités, et m'explique, alors qu'un trou d'air me paralyse, qu'il est en effet possible de perdre le contrôle d'un avion, mais qu'il faut bien mourir de quelque chose, et que dans ce cas une crise cardiaque nous enlèvera à notre chute, tandis que dans un accident de voiture on a rarement cette chance. Je décide de fêter cette probabilité au champagne. À ma troisième coupe, ses considérations me paraissent des plus philosophiques. Distinguons ce qui dépend de nous et ce qui n'en dépend pas, n'investissons pas trop de notre temps dans ce qui ne dépend ni de notre volonté ni de notre action. On réfléchit vraiment pas pareil en altitude, c'est sûr, on prend de la hauteur. Oui, je suis prête à mourir dans cet avion.

Mais si par malheur je survis, que va-t-il se passer ? Gabriel va-t-il se rendre compte de mon inexpérience totale des sentiments et de la vie à deux ? Devrai-je lui dire que lorsque je me sens vulnérable, j'ai cette fâcheuse tendance à créer une diversion, une crise, pour me donner l'occasion de fuir, comme la seiche fait jaillir l'encre pour protéger sa retraite face à l'ennemi ? Que je risque d'aller chercher ses défauts pour me dégoûter de lui, trouver sa faille, la triturer, la travailler du doigt jusqu'à ce qu'elle lui explose au visage ? Que jusqu'à présent princesse d'un tout petit royaume en haut d'une tour, je considérais d'un seul regard ceux qui prétendaient s'en approcher et les ébouillantais au besoin ?

Je devrais dormir un peu, mettre les boules Quies qui m'ont été données dans une petite trousse, avec du déodorant et une brosse à dents. Je me sens toute drôle, j'ai comme une crampe au ventre, l'anxiété sans doute. Je vais aux toilettes me rafraîchir, mettant cinq bonnes minutes à saisir le fonctionnement de la porte en accordéon et à ameuter toute la cabine à force de la secouer. Pour m'apercevoir que les Anglais ont débarqué. Ironie historique qui me ferait presque rigoler si je n'allais pas au Canada retrouver celui qui m'a payé le billet en première ! Perdue dans mes réflexions, j'ai mis mon tampon dans l'oreille. Mais où ai-je mis ma boule Quies alors ? Se souvenir pour la prochaine fois de ne pas boire du champagne dans une cabine pressurisée à haute altitude quand on a peur de l'avion. Je retourne à mon siège et finis par m'endormir devant un documentaire sur la chasse à la biche. Je rêve que j'agite un drap rouge devant un caribou. Mieux vaut ne pas en chercher le sens, mon inconscient se fout de ma gueule. Il a raison, à sa place je ferais pareil.

Je suis le troupeau vers la sortie et tends mon passeport au douanier. Je me rends compte que je n'ai pas l'adresse de mon hôte, en cas d'interrogatoire je serais incapable d'en dire plus. Je ne connais même pas son nom de famille ! Il ne me croiront jamais si je leur explique que je vais chez un homme dont je ne connais ni le nom ni l'adresse, et encore moins la date de naissance !

– Bonjour, me dit l'agent avec un sourire si large que l'on pourrait y faire entrer une côtelette d'élan.

C'est louche. Je sens que je vais avoir droit à une fouille approfondie.

– Vous venez pour affaires ?

– Non.

Son regard se fait méfiant.

– Tourisme ?

– Non. Amour !

De toute évidence, cette troisième option n'entre pas dans les cases qu'il doit remplir.

– On peut dire que c'est du tourisme amoureux, je lance en lui rendant son sourire.

Comme si on pouvait plaisanter avec un officier de l'Immigration.

– Miss, vous venez pour faire du tourisme sexuel ? me demande-t-il, agressif.

– J'espère bien ! je m'empresse de répondre.

Un élan du cœur… Il se saisit de son téléphone et je corrige fissa :

– Mais non, pas du tout, tourisme tout court.

– Vous restez combien de temps ?

– Une semaine.

– Vous allez faire du chien de traîneau ?

Son regard est suspicieux.

– Bien sûr !

Cette réponse le rassure illico. Fausse alerte, tout lui semble redevenu normal.

– Alors bienvenue, amusez-vous bien !

Ils sont sympas les Québécois, je sens que je vais aimer ce pays.

Ma petite valise est récupérée sur le « carrousel »,

je serre la poignée et observe les têtes à travers la vitre qui me sépare de ceux qui sont venus attendre leurs passagers. Je le repère de loin, il est là, avec son râtelier inimitable, et un ballon. Il est beau – le Québécois, pas le ballon. Enfin, le ballon est pas mal, c'est même assez attendrissant, mais là n'est pas la question. À mesure que j'approche, j'ai l'impression de voir à la fois un petit garçon qui attend une copine pour jouer et un homme qui attend la femme de ses rêves. C'est idiot, mais cela m'étonne et me bouleverse. Ou alors c'est juste que je vois double, j'ai les lentilles collées aux yeux avec le chauffage de l'aérogare.

Pour chasser la biche, il faut faire attention à l'orientation de ses oreilles lorsqu'elle a perçu un danger, je tiens ça du documentaire de l'avion. En arrière, elle se sent menacée ; en avant, elles sont dressées d'attention, de curiosité. Mince, j'arrive pas à voir ses oreilles d'ici. Le regard aussi est important. Vous fixe-t-elle de profil ou de face ? Le regard de profil indique la méfiance, de face la franchise. Sa tête bouge. Ah non, c'est la mienne qui tourne. J'avance vers lui, j'ai les jambes qui tremblent. Je pense déjà à son étreinte, j'ai le cœur qui bat. Non, c'est un haut-le-cœur ! J'ai tellement peur que je flotte dans la bile. Ce ne sont pas ses bras que je sens en premier, mais le siège des toilettes de l'aéroport de Montréal où je n'ai qu'une seconde pour courir avant de vomir.

La gueule de bois, voilà la première chose que je vois du Canada. J'aurais dû prendre la petite trousse qui contenait le déodorant et le dentifrice. Toujours masquer son odeur lorsque l'on piste une biche. Disons-le tout de go, je pue. J'ai transpiré comme un putois pris au piège, j'ai dégazé par les aisselles, jamais je n'ai senti autant l'animal.

Il prend ma main.

– Sympa, les ongles naturels comme ça.

Il est gay, c'est officiel !

– Ça fesse dans le dash de te voir ici.

Je n'entends que le mot « fesse », je souris, je ne suis plus en état de penser.

Il a tout prévu pour que je n'aie pas froid, et tandis que je le regarde comme un lapereau pris dans les phares, il m'enveloppe d'une épaisse veste et pose un genou à terre pour… m'enlever mes chaussures de fille et m'enfiler des bottes. J'ai l'impression d'être une Cendrillon du froid, mais qui pue des dessous-de-bras. Il sourit, encore. Je préfère garder la bouche fermée pour le moment. Toutes mes questions se taisent. Et ce voyage qui me paraissait totalement improbable et absurde me semble le plus naturel du monde quand il me serre dans ses bras et me dit :

– Bienvenue, ma beauté.

Savoir réchauffer l'ambiance

L'enthousiasme et le silence un peu gêné dans la voiture nous accompagnent une partie de la route, mais au bout d'une heure, à mesure que l'on s'enfonce dans les bois, j'ai l'impression d'halluciner, je vois le jour disparaître peu à peu. Il n'est que seize heures !

– Y fait noir de bonne heure ici l'hiver, tu savais pas ?

Non, je ne savais pas. Après avoir perdu tout contact avec la civilisation, j'en viens à regretter les motels et les gros 4 × 4 croisés sur la route. Où est-ce qu'il m'emmène ? Pas de réseau, évidemment. Mais comment peut-il se repérer, il n'y a que de la neige et des sapins partout !

Pourtant, la Basquaise a l'habitude de la pluie, de la mer démontée, de la montagne et de la forêt. La fille basque, c'est un peu le tout-terrain de la femme, le Range-Rover de la Française. Mais là, on atteint des sommets. Si la voiture tombe en panne, on n'aura d'autre choix que le cannibalisme. Je me demande quelle partie je mangerai en premier. Le temps d'arriver au milieu de nulle part, la nuit est tombée, j'ai mal au ventre, à la tête, la gorge sèche et les doigts gelés, mais le bonheur, ça se mérite.

Tout s'efface devant la maison. En bois, avec d'immenses baies vitrées, qui laissent passer la lumière, elle domine un lac pris dans la glace. Non seulement ce type est plus beau qu'un dieu, mais en plus il a un goût exquis ! Enfin presque... Quand il ouvre la porte, je découvre une tête d'élan accrochée au mur. À quel moment je lui annonce que je suis végétarienne, peut-être pas tout de suite. Et toutes ces toiles aux murs, ce ne sont pas du tout les mêmes que celles que j'ai vues à Paris. Là-bas elles semblaient apaisantes. Ici, face au blanc immaculé de l'extérieur, les couleurs fauves contrastent avec la douceur du lieu, les têtes semblent torturées. Je frissonne. Il y a une grande propension au rouge dans ses toiles, ce n'est pas bon signe. Après tout, je ne le connais pas cet homme, il va peut-être me trucider pour peindre avec mon sang et on ne découvrira mon corps qu'à la fonte des neiges.

Non, ce ne sont pas les toiles qui me font trembler, c'est le froid. Je claque des dents, c'est normal ? Il allume le chauffage et m'assure que je vais me réchauffer bientôt. Il me précise de me sentir «bien à l'aise». Oui mais la buée qui sort de ma bouche quand je suis à l'intérieur, ça ne me donne pas du tout envie de tomber la veste. Le décalage horaire fait déjà des siennes, pour moi c'est déjà le milieu de ma nuit, il ne faut pas s'écrouler maintenant, je dois tenir, sinon c'est fichu. Et ma température corporelle joue aux montagnes russes, la faute aux hormones. Je vais aller me prendre une bonne douche, voilà de quoi me requinquer, et me débarrasser de l'odeur de pattes de lapin confites qui se dégage de mes dessous-de-bras.

Mes quelques expériences masculines ne m'ayant donné aucune catégorie où ranger cet animal-là, je ne sais absolument pas à quoi m'attendre. La tentation de fouiller dans sa salle de bain est grande. Cette pièce, c'est le terrier d'un homme. En un instant, on y trouve de quoi révéler les maladies et les vices cachés. Recèle-t-il des pilules ? Mon Dieu, pas les petites bleues, s'il vous plaît ! Pitié ! Je vous promets, je ferai tout pour donner du plaisir aux impuissants, mais pas lui ! Peut-être de ces cachets pour la chute des cheveux ? Qu'est-ce qui serait le pire, le haut qui se dégarnit ou le bas qui se ramollit ? Soyons lucide, il est au beau milieu de la quarantaine, à cet âge il faut choisir : soit il a des cheveux, soit il bande. La testostérone fait tomber les cheveux, les produits capillaires, eux, tuent l'érection. La calvitie ou l'hôtel du cul tourné, c'est un risque à prendre. C'est pas grave, on alternera une semaine sur deux.

On se calme. J'ouvre un premier tiroir. Pas la moindre trace de bizarrerie dermatologique à l'horizon. À peine une crème hydratante et de quoi se parfumer, rien que de très banal. Quand je pense aux efforts que nous faisons quotidiennement – que dis-je, constamment – pour avoir le cheveu propre et lisse, le poil épilé, et mener une guerre perdue d'avance contre les capitons, quand ce n'est pas encore contre les rides, et eux, ils dorment, se lèvent, et c'est à peu près tout…

J'entre dans l'immense douche italienne dont les parois vitrées laissent apercevoir la forêt enneigée. Mais pourquoi il y a cinq boutons ? Moi je connais eau chaude, eau froide, deux ça me semble suffisant pour se faire couler de l'eau dessus. J'appuie, je verrai bien. Quel amour, il a pris soin de m'acheter des produits parfumés à la lavande, et de laisser un rasoir. Bon ça, je ne sais pas comment je dois le prendre, certainement le cliché de la Française qui ne s'épile pas.

Je me sens soudain entourée d'une chaleur enveloppante, je suis comme dans du coton. En fait, la douche a une fonction hammam, que j'ai déclenchée sans le vouloir. Je me fais un aquarium de buée. Il doit faire quarante degrés, je vais me sentir mal…

Écrevisse, je me love dans le peignoir. Gabriel a glissé dans la poche un petit dessin. Deux personnages qui s'embrassent, dont il a croqué le profil en un trait. Craquant.

Je descends l'escalier comme une reine, pleine de grâce, le peignoir en guise de robe d'apparat. Et je m'étonne de le voir me tendre un anorak. Quoi, on s'en va déjà? Non, le chauffage est en panne.

Au bout d'une heure, en manteau et bonnet toujours enfoncé jusqu'au pif, il prend les choses en main et descend à la cave. Rien de sexy, non, il descend réellement à la cave, parce qu'en effet dix degrés à l'intérieur, c'est un peu froid même pour lui. Les tuyaux ont dû geler, il faudra plusieurs heures, la nuit peut-être, pour les réchauffer. Parler plomberie, de quoi mettre une ambiance torride entre nous.

J'ai l'air maligne en peignoir et doudoune, avec des bottes en mouton aux pieds. Mais l'autochtone sait recevoir, il allume des feux dans toutes les cheminées de la maison, une déforestation sauvage en une soirée, un véritable génocide au dioxyde de carbone. Il m'enroule dans des couvertures et me sert saumon fumé et soupe bien chaude. Le vin chilien que nous ouvrons est plus que frais, lui, mais il fait son office.

Évidemment ici, Fauchon connais pas, et pour le vin, il y a le rouge et le blanc. Alors un type qui vous sert un cabernet-sauvignon chilien bien fort en tanin, faut pas le laisser passer. J'en aurais la larme à l'œil si je ne craignais pas qu'elle cristallise de froid avant d'atteindre ma joue.

Nous nous regardons un long moment et je me rends compte qu'une semaine, quand on ne se connaît pas, qu'on est au milieu de nulle part et que l'on n'est pas consommable – moi en l'occurrence –, cela risque d'être longuet. On n'a rien d'autre à faire qu'à parler. Faire tomber les masques, oublier les personnalités fabriquées par nos peurs est un jeu dangereux. Accepter que l'autre accède à notre communication non verbale, qu'il sente notre respiration, notre tic à l'œil, notre façon de nous mordiller la lèvre quand on est soucieux, qu'il note les changements de notre âme parce que rien ne la cache plus, c'est un risque à prendre, on y perd ses repères. Mon personnage social et séduisant s'efface, se dilue dans le froid et l'éloignement.

Un peu échauffé par le vin et la cheminée, il se lance dans une improbable play-list musicale et me fait écouter du Pierre Lapointe – le Pierre Perret local. Il ne va tout de même pas me faire écouter du

Céline, ce serait vraiment cliché ! Comme si j'étais arrivée avec un béret sur la tête et une baguette sous le bras. Si. Il ose, et en duo avec ledit Lapointe. Il n'a vraiment pas peur du ridicule, celui-là.

Soudain il disparaît dans la salle de bain et j'entends un drôle de bruit. Qu'est-ce qu'il fabrique ?! Il se lave les dents à la brosse électrique. Oui, car le Québécois, qu'on penserait bourru sous sa chemise à carreaux, sa barbe de trois jours et ses baskets aux pieds, est plus soigné qu'il n'y paraît. Il a l'air d'un bûcheron, mais c'est un *hipster*. Quand la vague *hipster* a déferlé sur Montréal, on n'a pas dû voir la différence, tout le monde était déjà mouillé.

Je suis là, dans le salon, mon verre à la main, je comprends qu'il va tenter une approche timide. Lavage de dents égale roulage de pelle imminent. Il s'approche, se jette à l'eau. Mais j'ai dû oublier, qu'est-ce qu'on fait du nez déjà ? Son souffle perle sur mon visage, et affleure le dessus de ma lèvre, sa bouche chaude éclot sur la mienne et sa maladresse verbale disparaît. Et j'adore ça.

Traverser la mer rouge

Il m'entraîne par la main dans sa chambre. Nous poussons le lit au plus près de la cheminée et nous emmitouflons sous toutes les couvertures que nous trouvons, dans les bras l'un de l'autre.

Le sexe avec quelqu'un de nouveau m'effraie quelque peu, ça fait longtemps que je n'ai plus eu envie de me donner sans amour. Et le nombre d'hommes que j'ai aimés se compte sur les doigts d'une main d'un malade de la lèpre. Les galipettes, passe encore, ça finit vite, avec un peu de chance, sur une note joyeuse, mais une nuit entière ! L'idée de dormir avec un inconnu me donne des boutons. S'abandonner au sommeil en sa présence, se réveiller peut-être dans ses bras, se regarder sans savoir quoi se dire au matin, c'est au-dessus de mes forces. L'excitation retombée, on découvre l'autre sans fard, entre gêne et curiosité, les cinq sens à l'affût de réponses à on ne sait trop encore quelles questions.

On découvre une identité nouvelle, plus nue encore que sous les draps, et c'est là que l'on sent si l'on est compatibles.

Nous avons tellement fumé en parlant, tout en descendant notre bouteille de rouge, que j'ai l'impression d'avoir léché un cendrier. Dois-je me relever pour me laver les dents ou pas ? J'ai laissé ma brosse dans ma valise, je n'aurai jamais le courage d'aller la chercher et de dépaqueter ce soir. Piquer sa brosse à dents discrètement, vu le bruit de machine à laver qu'elle fait, ça me semble compliqué. Impossible de l'utiliser en mode silencieux et de l'essuyer contre la serviette qui pendouille pour masquer mon crime. Technique commando : écraser du dentifrice sur son index et se le coller dans la bouche en espérant que la pâte mentholée seule fera le travail.

De retour dans le lit, il se love contre moi, je ne peux plus m'échapper. Question cruciale : comment faire savoir à un homme que l'on est indisposée, sans perdre de sa classe ni de son potentiel de séduction ? Personnellement, après trois décennies sur terre, je n'ai toujours pas trouvé la réponse. Puis dans ses draps blancs, j'ai déjà peur de provoquer un accident. Et aucun espoir qu'il me pense vierge en toute honnêteté.

— Écoute, je sais pas comment te dire ça, je peux pas ces prochains jours… surprise !

– T'es-tu donc dans ta semaine ? me demande-t-il, totalement détendu.

– C'est pas la bonne semaine en tout cas.

– Chez vous, on dit comment ?

– Chez nous on dit pas !

– Mais comment un homme peut savoir alors, si vous dites rien ?

– Si on va aux toilettes avec notre sac, c'est pas pour lui faire prendre l'air !

Mon Dieu, je n'arrive pas à croire que nous sommes réellement en train de parler de ça, devant le feu de cheminée, dans cette chambre cathédrale en bois blond dont la fenêtre laisse passer la lumière blanche de la lune qui se reflète sur le lac. Pause. Rembobinez, on peut effacer ce moment de notre mémoire ?

J'en suis déjà à prévoir la logistique du changement de serviette hygiénique : que faire du cadavre ? A-t-il une poubelle dans la salle de bain, et pensera-t-il à la vider avant que la décomposition fasse son œuvre ? Ils ne peuvent pas faire des emballages plus efficaces que ça, sérieusement, qui permettent d'enfermer le tout dignement, de le saucissonner proprement sans que ça se fasse la malle de tous les côtés ?

– Y a pas de quoi capoter, on va avoir du fun quand même, me rassure-t-il en me serrant plus fort contre lui.

Pas besoin de mots, le Québécois manie à merveille la communication non verbale.

– Viens, on se fait une colle.

De la colle ? J'en ai pas sniffé depuis l'école primaire, mais pourquoi pas. Non, il veut simplement me câliner. J'ai dû griller un hémisphère en prenant la foudre dans l'avion, c'est pas possible. Il est vraiment gentil, mais qu'est-ce qu'il veut de moi ? Où est le défaut de fabrication ? Il y a forcément un vice caché. Peut-être a-t-il des pratiques glauques. Il doit y avoir anguille sous roche. Une toute petite anguille, c'est certain. Ou une anguille difforme. Si ça se trouve, il a un tablier de sapeur, et je parle pas de cuisine. Ou un buisson ardent façon Moïse, au point d'avoir peur de frotter la brindille sous peine de mettre le feu à la paillasse. Et soyons honnête, le diktat de la minceur ne s'applique certainement pas en ce domaine. Cette pensée m'obsède. Il n'y a en effet rien de pire qu'un homme qui nous plaît vraiment, mais dont notre envie est plus grande que le matériel dont il dispose. La déception est pire que de découvrir que le Père Noël n'existe pas. Quant à la question de savoir si la taille est suffisante, l'organe en question doit toujours être supérieur ou égal à la hauteur de nos talons. S'il est plus petit, mauvaise équation. D'ailleurs, tout est une question de mathématiques. En fait, ce n'est pas une question de taille mais de densité. L'érection est

égale à la masse multipliée par le nombre de centimètres, le tout au carré : $E = mc^2$.

Sa respiration se fait plus lourde et me sort de
mes pensées. Il ronronne ? Non, il ronfle ! Et pas un
bourdonnement d'abeille, non, un vrombissement de
moteur. Il ronfle en mode concerto pour nez bou-
ché. Je m'extirpe de ses bras et m'éloigne à l'autre
bout du lit. J'envisage un instant de filer à l'anglaise,
mais dans le noir et sans mes lunettes, impossible
de mettre la main sur mes effets personnels. Il me
rattrape et se colle à moi. Que trouve-t-il de si inté-
ressant dans mon oreille pour s'y tenir, comme un
moustique en vol stationnaire ? Aucune idée, mais il
semble heureux. Et une fois encore, c'est contagieux.
Je ferme les yeux, nous imagine sur un bateau de
croisière, dans les Caraïbes, et compte les moutons
sur la mer. Les borborygmes avant le sexe, c'est anti-
constitutionnel normalement, non ? J'aurais dû penser à emporter les boules Quies de l'avion.
Mon horloge interne est détraquée, j'ai le coucou
qui m'empêche de dormir. Mon cerveau refuse de
débrancher, il ne veut pas se rendre, et moi, je suis
cernée. La nuit, la pièce, tout m'est étranger, même
son odeur. Dans le noir, tous les hommes sont gris. Je
le regarde dormir, éclairé seulement par les flammes

de la cheminée. C'est le Beau au bois dormant. Mais si je m'étais trompée ? S'ouvrir à quelqu'un de nouveau, c'est lui donner un accès à ce que l'on a mis des années à construire, préserver et faire fleurir en espérant qu'il ne piétine pas tout. Qu'est-ce qu'il en sait, lui, qui s'est contenté de se pointer dans ma vie, de ce que j'ai traversé ? Des larmes versées avant lui, des espoirs avortés, de ceux qui sont partis en emportant un bout de moi, ceux qui m'ont laissée prisonnière d'un « pourquoi ? » et ont gravé des rides entre mes sourcils ?

Petit conseil, messieurs, quand vous voyez votre chérie froncer les sourcils, dites-lui qu'elle est belle ou qu'elle compte, si vous ne voulez pas lui payer des injections de botox. Fichue marque qu'on appelle la « ride du lion », alors que c'est plutôt celle de la lionne qui chasse seule, élève les petits pendant que le mâle se prélasse sans jamais lui dire qu'elle est la reine des animaux…

Résumons : je suis dans le lit de Gabriel, dans un endroit unique au monde, et qu'est-ce que j'ai en tête ? Un lion dans un cabinet de dermato ! Demain, j'arrête le vin chilien.

Il hallucinerait s'il savait à quoi je pense tandis qu'il ronfle, son instinct de chasseur satisfait. Sa femelle gardée entre ses pattes sans aucun rival à des kilomètres à la ronde, il peut dormir sur ses deux oreilles. Je n'ose pas bouger, de peur de le réveiller. Sauf que, justement, j'ai une envie frénétique de me gratter l'orteil, puis le genou gauche, puis le coude droit, le cou. Je me tortille comme un ver solitaire. Bouger devient mon seul but. Je vais descendre au salon et improviser.

Je me retrouve de nouveau face à un interrupteur indescriptible. Sept boutons sur ce truc, sérieusement? Il faudrait être ingénieur pour manier ce machin qui commande une cheminée, les lumières de toute la maison, un chauffage et ce que je découvre être un broyeur. Évidemment, à ce stade, j'appuie sur tout ce que je trouve, déclenchant un véritable son et lumière dans la baraque.

Je l'ai réveillé. Il va être d'une humeur massacrante. La fille ne couche pas, ne dort pas, et fait la bamboula toute seule avec son système électrique. Non, il me fait une tisane, m'installe devant la télévision pour regarder un film avec moi. C'est bien un papa. Il allume l'écran, fait défiler les films en stock dans son disque dur, sauf qu'il n'y a que des thrillers bien rythmés. Je n'ai aucune chance de dormir si je regarde des types s'entretuer.

Soudain, alors qu'un énième titre apparaît, mon œil est attiré par l'Asiatique qui s'affiche habillée en écolière, un gros sabre à la main. Une ninja cochonne ! J'éclate de rire et lui demande de me faire voir. Il rougit. Nous finissons par nous endormir tous les deux devant des courageuses manieuses de sabre qui sauvent leur pays d'on ne sait quel danger en donnant beaucoup de leur personne.

Conquérir son trône

Quand on est idéaliste, il y a décidément des réalités biologiques qui heurtent le sens de l'amour. Céder à l'impérieux besoin de la nature est une épreuve, tout particulièrement lorsque l'amant est dans les parages. Pire encore lorsque l'on ne connaît pas les bruits de sa maison, la résonance des pièces, le son de la chasse d'eau. Certaines espèces s'enfoncent dans la forêt, d'autres enterrent les traces de leur passage, moi je n'ai pas cette liberté. Si Gabriel me voit sortir à sept heures du matin en après-skis et pyjama pour les imiter, il me collera sans aucun doute dans le premier avion pour Paris !

L'étron c'est l'ennemi de la séduction. Mais une semaine entière sans s'y confronter, c'est risquer l'occlusion intestinale. J'en viens à regretter le XIXᵉ siècle où, certes, je n'aurais pas eu le droit de vote, mais où le jardin des Tuileries, face au palais du Louvre, était le lieu de rendez-vous de tous les chieurs de Paris, qui se soulageaient en toute décontraction sous les haies d'ifs plantées par Le Nôtre.

La première difficulté évidente est d'ordre architectural. Pourquoi la salle de bain est-elle systématiquement collée au mur de la chambre ? Gabriel se repose toujours, mais pour combien de temps ? A-t-il le sommeil léger ? Il va falloir à un moment ou un autre que j'y aille… C'est maintenant ou jamais, il faut savoir saisir l'instant. En kamikaze, je me précipite aux toilettes en priant pour qu'il ait un début de surdité. L'affaire faite, je découvre avec horreur que la chasse d'eau ne fonctionne pas. J'appuie, rien ne se passe. Fichue plomberie, les tuyaux gelés de la veille ont dû endommager l'arrivée d'eau. Je suis perdue, je vais défaillir, j'entends ses pas. Il frappe à la porte de la salle de bain. J'envisage sérieusement de sauter par la fenêtre.

– J'ai besoin d'eau.

– T'as-tu soif ?

– Non.

– Tu veux prendre une douche ?

– Non…

Il me dit de ne pas bouger. Je le vois par la vitre remplir une casserole de neige pour me la faire fondre, et il finit par me laisser le précieux liquide devant la porte. Il est magique cet homme.

J'entame l'état des lieux de ce que je trouve dans le miroir. Plus blanche est la nuit, plus noirs sont les cernes. Je vais tenter un ravalement de façade avant qu'il ne me voie. J'ai quand même pas renoncé à ma dignité ni à l'idée de lui plaire. Petit conseil : lorsqu'il fait froid et que vous êtes en extérieur une bonne partie de la journée, prévoir un maquillage léger. Si léger qu'en fait, cela ne sert à rien d'en mettre. Les chauffages et les écarts de température rendent les cheveux électriques, et évidemment vous n'avez pas pensé à prendre un adaptateur pour brancher un séchoir digne de ce nom. De toute façon, avec un bonnet sur la tête, la mèche de devant bien grasse collée au front, pas la peine de se donner du mal.

J'ai déjà les lèvres gercées. Impeccable, il ne me manquait que ça pour incarner l'amour. Fond de teint ? On oublie. Du blush sur les joues ? Pas la peine, j'ai déjà le chaud et froid qui me fait ressembler à une nonne abusée. Un mascara waterproof sur les cils, c'est parfait. Encore aurait-il fallu avoir la bonne idée d'en emporter.

J'émerge de la salle de bain pas bien vaillante, pour descendre le rejoindre au petit déjeuner, et l'embrasse.

– Ça me fait penser qu'il faut que je prenne rendez-vous chez le dentiste, lance-t-il négligemment.

Ma langue dans sa bouche lui fait vraiment penser qu'il doit se faire réparer le dentier ? Ça y est, la normalité quotidienne nous a tués. Pas de panique, c'est normal, il est québécois, il est très à l'aise, ne fais pas ta princesse.

C'est dingue, en jogging, Damart un peu troué et Ugg aux pieds, je le trouve encore plus attirant.

– T'as de beaux trous, tu sais, je lui lance.

Une blague, c'est bien pour commencer la journée. Sauf que le temps que je mette la table, il conclut au téléphone la vente d'une œuvre avec un client japonais important et une exposition à Miami. Il y a beaucoup de zéros dans sa négociation, j'avais pas réalisé que j'étais chez le Modigliani du cru.

– T'as l'air d'avoir du bacon toi, non ?

Il rougit un peu.

– Oui, j'ai un peu de foin. On peut pas dire non plus que j'suis le fils de Rockefeller là !

Moi, j'envisageais juste de lui faire des œufs à la coque, avec supplément cochonnaille.

– Mais t'en veux ou pas ?

– T'es dure de comprenure, toi, je t'ai dit, j'suis pas riche mais j'ai pas à me plaindre, me sourit-il en m'embrassant les cheveux.

Il est sérieux, là ? J'ai fait khâgne moi, monsieur, j'ai le cerveau haltérophile, hyper-entraîné, j'ai lu l'œuvre de Kant, ok ? En même temps, c'est certain que cela ne me sert pas à grand-chose dans cette situation. Pour le bacon, je démissionne, il mangera ses œufs nature.

La tentation de l'ex

— Attache ta tuque avec d'la broche !

Me voilà prévenue. Mais de quoi, aucune idée. Normal, c'est une surprise, me renseigne-t-il. Il m'entraîne dans le dressing et sort des placards des affaires de femme. De... femme ?! Mais qu'est-ce qu'elles font là ? Il n'a quand même pas acheté tout ça pour moi ? Non, ce sont les fringues achetées pour son ex, dit-il en passant.

— Parce que je lui achetais beaucoup de choses, elle a pas pu tout emporter quand elle m'a quitté.

Plan vigipétasse en action, code écarlate ! Mon mignon tais-toi, pas un mot de plus.

Je ne veux surtout pas entendre les informations qui vont suivre, la bombe qu'il vient de lâcher me suffit : celui qui a été trop généreux avec la précédente, et que celle-ci a largué, ne refera pas deux fois les mêmes erreurs. Vous pouvez vous brosser.

Non mais je rêve ! Il a gardé ces affaires par flemme

de faire le vide ou par fétichisme ? En tout cas, l'ex, elle est encore bien présente dans la maison. Dernière info, elle faisait du 36, la garce. C'est sûr, elle devait pas manger de bacon, mais lui il en a claqué pour elle.

Avec l'innocence de l'agneau que l'on conduit à l'holocauste, il étale devant moi après-skis et vestes, comme sur un autel dédié à son amour passé. On fait la même pointure ? Comme c'est commode !

– Celles-ci, elle ne les aimait pas, celles-là oui, celles-ci jamais portées…

Mais il est totalement racorni du bulbe ! Il ne le voit pas, le mur dans lequel il vient de foncer ? Quand l'ex vole bas, c'est qu'il va y avoir de l'orage.

J'ai déjà eu droit à celle qui s'incrustait à la première sortie avec le fils au cirque, et me tendait le gamin dont la couche était pleine en me disant d'aller le changer puisque j'étais là. Ou celle qui se rendait brusquement compte que celui qu'elle avait passé des mois à pourrir était l'homme de sa vie, et lui envoyait des messages nocturnes avec des photos d'elle à poil – enfin les poils, fallait drôlement regarder pour les trouver. Ou encore celle qui voulait absolument faire un masque du visage avec moi – j'ai cherché le jeu de mots, il n'y en avait pas et j'ai pas compris le principe. En matière d'ex, entre copiner ou détester, il faut se positionner.

Les chaussures, bottes et manteaux étalés devant moi incarnent un excédent de bagage affectif trop lourd à porter. Certes, nous arrivons tous avec nos malles, en espérant qu'elles passeront en cabine. L'idée est de faire un peu de vide, histoire d'être capables de les porter seuls, d'une main, gardant l'autre libre pour tenir celle du nouveau voyageur. Je n'ai plus qu'une question en tête : suis-je la fille de transition, la relation kleenex ? Vais-je vraiment devoir marcher dans les pompes d'une ex ? Le pire, c'est qu'elles sont belles ses affaires, il a bon goût en plus, mon bonhomme !

Je viens à peine d'arriver, je ne vais quand même pas bloquer sur ce détail, si ? Après tout, c'est moi qui suis là, peu importe le passé. C'est vite dit, j'ai envie de lever le camp. Non par jalousie – enfin un peu – ni par colère – enfin beaucoup – mais par peur de m'ouvrir à quelqu'un de fermé. Et si l'autre avait gardé la clé ? Lui voit le côté pratique de la chose, moi j'ai le cerveau limbique en effervescence.

Je lui demande de me ramener à l'aéroport, arguant qu'il n'y a visiblement pas de place pour moi dans sa vie. Moi, surréagir ? Jamais. Je viens de lui refiler une patate chaude entre les mains, de quoi se brûler au troisième degré. Trou d'air immédiat, dépression atmosphérique avec une nette chute des températures. Il se contente d'acquiescer. Oui, bien sûr, il veut que je me sente à l'aise, si je ne le suis pas et que je veux partir, d'accord. Rien à tirer de ce côté-là. Je lui demande si au moins je suis un peu spéciale à ses yeux, j'attends un mot, un signe qui me montre qu'il ne me prend pas pour une distraction épisodique. Rien ne sort de sa bouche. Silence radio. J'ai dû le casser, il ne couine même plus quand j'appuie dessus !

– Dis, tu beurres un peu épais quand même. C'est pas vargeux, on n'est pas à un enterrement de crapaud non plus, c'est juste des chaussures.

Le beurre, un crapaud mort avec des godasses, tout se mélange dans ma tête.

– Grimpe pas aux rideaux pour ça, ma beauté.

Là, ça ne risque pas ! Pour lui, c'est une évidence, je suis ici parce qu'il le veut, et il ne comprend pas que je puisse douter de ça. Il se sent mis en cause pour un crime qu'il n'a pas commis. Le pire, c'est qu'il a raison.

– C'est facile, tu mets ton pied dans la chaussure, ton bras dans le manteau, pis on sort s'amuser.

À Paris, j'avais mentionné ma vision onirique d'une balade romantique en traîneau à chiens. Je m'imaginais déjà glissant au cœur d'un paysage chantilly, tandis que les chiens cavaleraient en haletant dans la neige molle, le long des lacs gelés. Les Canadiens, des lacs, ils en ont à peu près six millions, autant que de chômeurs chez nous. C'est moins exotique pour eux. Ils les repèrent dès l'aéroport, les Français qui vont vouloir aller tâter du husky, dès le contrôle aux frontières. Ceux qui s'avancent vers eux, le sourire niais, ce sont des clients, ils vont jouer aux touristes. C'est comme si Gabriel m'avait demandé de l'emmener en haut de la tour Eiffel : voir des toits d'immeubles, c'est aussi excitant pour moi que pour lui de voir un lac gelé. Mais il veut me faire plaisir.

Non seulement il s'en est souvenu, mais en plus il a tout organisé sans m'en parler. L'atmosphère se détend.

Nous arrivons au campement alors que le soleil est encore rougi d'avoir fricoté toute la nuit avec la lune. Tandis que mon indigène fait connaissance avec le *musher* et règle les détails de notre périple, les adorables boules de poils nous attendent bien sagement, prêtes au départ. Je me dirige vers celle que je trouve la plus mignonne, et la caresse sans réfléchir. En une seconde, la file indienne de chiens éclate, chacun en attaque un autre, certains se ruent sur moi. Seul le premier me fixe, immobile, et semble me dire : «Toujours caresser le chien de tête, ma poule, y a des règles, le chien de tête.» J'ai négligé qu'on n'entre pas dans une meute comme dans un jeu de quilles.

– T'as-tu chié des briques ? me lance leur maître. Ils sont pas méchants !

Non, ils sont pas méchants, mais j'ai jamais vu des crocs d'aussi près ! D'un sifflement, il les remet en ordre, monte sur le traîneau.

– Rouge du matin, trompe son voisin, va falloir se dépêcher, nous avise-t-il.

Des voisins ? Mais on est perdus entre, à vue de nez, deux cents lacs, et j'ai pas vu un pécore depuis des lustres. Gabriel m'informe discrètement : ça signifie que le temps va changer.

– Mais rouge du soir, bon espoir, commente encore le guide tandis qu'il encourage ses bêtes.

– Chez nous, on dit : «Araignée du soir, espoir», je commente malicieusement.

– Elles sont rouges au moins vos araignées ? s'inquiète-t-il. Parce que sinon je vois pas en quoi ça annonce du beau temps.

– Mais non, elles sont pas rouges !

– Elles sont de quelle couleur alors ?

– Là n'est pas la question !

Je m'enlise dans des explications vaseuses quant aux arachnides françaises. Lui ne lâche pas prise :

– Orange, à la limite, je veux bien, sinon ça ne marche pas…

Agacée, je réponds :

– Noires, avec des poils ! Normales quoi !

– C'est comme chez nous alors. Ces Français, ça croit tout faire mieux que les autres.

Puis à voix plus basse, tout en donnant aux fauves l'ordre de se mettre en branle :

– Pas fichus d'avoir des araignées rouges et ça fait des leçons à tout le monde.

Je me retourne, interdite, vers Gabriel, qui hausse les épaules et m'assène le coup final :

– Quoi, c'est vrai, vous avez pas d'araignées rouges !

Quand je dis que l'attelage se met en branle, je ne pensais pas si bien dire. Il doit avoir des chiens boiteux, ce type-là, on est secoués comme dans une essoreuse, cycle court.

Les dégradés et nuances de blanc qui galopent sous nos yeux sont à couper le souffle. Tant mieux, car rapidement une odeur nauséabonde nous envahit. Les chiens se mettent en mode propulsion arrière, sans doute pour aller plus vite. Un chien, ça chie énormément, ça, Paris me l'a appris. Mais dix bestioles et leurs déjections en concerto, ça vous tue le romantisme. Une fumée se dégage de leurs derrières rosés qui se dandinent sous nos yeux, tandis que les crottes gelées roulent dans la neige comme des œufs de Pâques.

La danse des culs de chiens est hypnotique, impossible de regarder ailleurs. Me concentrer sur le paysage, vite. Tout est vierge autour de nous. Parmi les arbres enneigés, seule face à l'immensité, je me sens libre...

– C'est quoi, le petit drapeau rouge là-bas ?

Le guide se retourne en se marrant.

– C'est parce qu'on est sur un terrain de golf !

Tu repasseras pour le trip Lawrence d'Arabie dans un désert de neige...

Mais peu importe, mon Québécois s'amuse, le guide lui confie les rênes...

– Surtout, quoi qu'il arrive, faut jamais lâcher le traîneau, jamais lâcher les rênes, parce que sinon ils crissent leur camp et on est ben fins. Même si tu te manges une volée, tu lâches pas.

Viril, Gabriel mène la route.

Je le regarde, j'ai envie de l'embrasser. Il se penche vers moi, écarte d'une main l'écharpe qui remonte jusqu'à mes joues. Pris dans son élan, il a oublié la règle. Les chiens ont senti un coup de mou. La danse des culs devient frénétique, ils sont comme électrisés. Le traîneau branle franchement, Gabriel tire sur les freins, sans doute un peu trop fort, nous valdinguons sur le côté. Je me prends un vol plané avec atterrissage forcé dans la poudreuse, le visage directement au sol. Peeling gratuit à la neige ! Lui n'a pas lâché.

Il est incroyable. Il est surtout traîné par les chiens qui finissent par s'arrêter une centaine de mètres plus loin.

Je m'approche, soulève son bonnet qui recouvre tout son visage, dégage la neige de ses narines et de ses yeux. Il éclate de rire.

– Alors, heureuse ?

Oui, ça y ressemble.

– Quand le bœuf veut pas chier dans la pelle, il chie à côté.

Il est là, mon dépaysement.

Mon Québécois est digne des plus grands sages stoïciens. Des années à étudier les penseurs à la Sorbonne pour finalement arriver à la même conclusion.

En rentrant de notre épopée, il s'arrête devant un magasin où il me demande de le suivre, et de choisir une paire de chaussures pour faire mes propres traces. Sa technique est imparable et répond à toutes les situations de crise : le sourire. Peu importe la donne, il ne tient qu'à nous de jouer la meilleure partie. Personne ne va rebattre les cartes parce qu'elles ne nous plaisent pas. Je prends sa main et la serre. Il n'y a pas de mots pour faire taire les peurs des premières fois. Quelques-uns auraient été bienvenus, mais lui agit, et c'est encore mieux. Je me sens prête à m'abandonner un peu, je vais enfin bien dormir lovée dans ses bras.

Les lumières éteintes, j'observe la pièce avant de fermer les yeux. Ses toiles ne sont plus si effrayantes, les visages géants me semblent amicaux maintenant que je le connais mieux. Ils ont un petit côté tribal, animal, qui ne ment pas, surtout celui en face du lit. C'est drôle, j'ai l'impression qu'un de ses yeux bouge. Mais oui, y a un œil du tableau qui se fait la malle ! Il a des pattes ! C'est pas un œil, c'est une araignée ! Pourquoi j'ai regardé… Je suis sûre qu'elle me tient en joue, elle attend que je dorme pour venir me grimper dessus.

Deux solutions, je passe une nouvelle nuit blanche et je le fais payer à Gabriel le lendemain, ou je le réveille tout de suite et lui demande d'aller la chasser, en espérant qu'il trouve cela charmant les filles vulnérables face aux petites bêtes. Dans les deux cas, il va finir par me jeter par la fenêtre si je n'arrive pas à dormir.

Elle me regarde, c'est sûr. Je secoue doucement le bras de mon Québécois.

— Ça a des yeux, les araignées ?

— C'est pas vrai que t'es encore boquée sur ces maudites araignées ?! Reviens-en des osties d'araignées, les petites bébittes mangent pas les grosses !

— D'accord, mais… elles sont venimeuses ici ?

– Pas dans mon lit, allez dors.

– Non parce qu'il y en a une juste en face de moi sur ton tableau, et comme je suis myope, sans mes lunettes, elle a l'air vraiment énorme.

Il allume la lumière, ce n'est pas bon signe.

– Laisse-la, elle va canter sur le plancher.

Puis, comprenant le sérieux de la situation, il se lève d'un bond, attrape une de ses Ugg d'intérieur et avance avec bravoure vers la bestiole. On dirait Superman.

– Non, l'écrase pas, relâche-la dehors, la pauvre ! crie la jeune femme en détresse bien planquée dans les draps, les yeux fermés pour ne pas assister au carnage.

Superman oui, mais un peu en colère quand même. J'entends la chasse d'eau. Il revient victorieux, mais voit à ma tête que l'option cuvette était une erreur.

– C'est elle qui voulait, elle avait envie de prendre un bain, me rassure-t-il en s'écroulant dans le lit.

C'est le plus joli mensonge qu'on m'ait fait jusqu'à présent. Gabriel, mon super-héros…

Ne pas rejeter le rejeton

Le lendemain matin, pendant que Gabriel sifflote sous la douche, une chose tout à fait inappropriée traîne dans la cuisine. Son portable. Je ne peux soustraire mon regard. Mon doigt s'approche par inadvertance, un réflexe pavlovien sans doute, en tout cas hors de toute volonté. Pas de code d'accès. Sa douche dure étonnamment longtemps. C'est sûr qu'étant toujours en code rouge, la nuit n'a pas été des plus audacieuses. C'est pire que de la torture chinoise, cette histoire.

L'a-t-il abandonné là exprès pour me tester ? Pour attiser ma curiosité ? Est-ce un test de confiance ou se pourrait-il qu'il l'ait laissé là juste naturellement ? Cela ne m'est jamais arrivé à Paris. Les hommes y ont leur téléphone greffé à la main. Ils ne sont pas forcément infidèles, ils sont juste prévoyants.

Je fixe l'objet satanique en me répétant la règle d'or : ne jamais regarder. Tout semble suspect à celle qui est suspicieuse. Même si l'on ne trouve rien, on n'en déduira pas que le type est réglo, on se dira que c'est un grand dissimulateur, qu'il est très malin. Le doute, une fois dégoupillé, ça vous pète au visage. Allez, pose cette grenade et cours. Mais la tentation est grande, cet homme est trop beau pour être tout à fait honnête. Un peu comme lorsque, enfant, on retournait la maison pour trouver la cachette des cadeaux de Noël. Avoir le paquet entre les mains, c'était le moment le plus excitant et le plus interdit de l'année. On le secouait toujours pour deviner son contenu au bruit que ça faisait. Une fois le paquet ouvert, on se sentait malheureux et coupable d'avoir gâché la surprise. Arrête de secouer son téléphone, tu crois sincèrement qu'une voix de femme va en sortir et te dire : «Eh oui, c'est moi, Jenny, celle qu'il déballe chaque lundi»? Moi j'ai encore un peu envie que ce soit Noël avec lui.

Surtout, j'aurai jamais le temps ! Avant, c'était plus simple, il n'y avait qu'à faire les poches du présumé coupable. Un petit mot, un numéro noté sur une serviette en papier, il était cuit. Maintenant, il faudrait un expert à la DGSI – Direction générale de la suspicion d'infidélité – pour scanner en un temps record son téléphone, tout en ayant l'air totalement normale à la minute où le chéri rentre dans la pièce. Je m'éloigne courageusement.

Mais elle est vraiment longue, sa douche ! Ne pas penser à son corps nu sous l'eau chaude, surtout pas. Penser à autre chose, comme à son drôle d'accent. Je l'imagine en pleins ébats me susurrer des cochonneries à l'oreille et j'éclate de rire. Il faut voir le bon côté des choses : si un jour on se dispute, j'aurai toujours envie de rire ! C'est un des avantages à fréquenter un Québécois. Le second, c'est que le froid conserve. Et que n'étant pas en permanence entouré de filles en minijupe, il est donc moins tenté. C'est bien connu, la météo est en grande partie responsable de l'infidélité ! Enfin, ici, ils ont l'air moins tordus que les nôtres, les hommes. Ils sont gentils. Et chez eux, c'est encore une qualité. Pour un Québécois, une Française, c'est le bon plan : pour une fois qu'il peut se montrer séducteur ou galant sans se faire traiter de macho paternaliste !

Je viens de trouver comment résoudre l'épidémie de femmes célibataires en France : envoyer des Canadiens par charters, les parachuter au-dessus de nos villes ! Il descend de la douche en peignoir. On dirait un dieu grec en toge blanche…

– Désolé. J'aime bien prendre mon temps, je turlute sous la douche.

Il est vraiment détendu, celui-là.

– Tu turlutes ? Tout seul ?

Moment d'inconfort sur mon visage.

– Oui, c'est une vieille tradition, ici. Mon arrière-grand-père le faisait beaucoup. Puis mon grand-père aussi, c'est lui qui me l'a appris. Ça se fait plus beaucoup aujourd'hui.

Tu m'étonnes.

– Tu chantes jamais de vieux airs sous la douche, toi ?

J'ai eu peur. C'est un coup à devenir cardiaque, cette histoire.

Je mets vraiment toujours le doigt là où il faut pas. Comme lorsque, enfant, je ne pouvais passer devant un gâteau sans y enfoncer mon index. D'ailleurs, en parlant d'enfant...

– Au fait, je t'ai pas dit, on va prendre mon fils aujourd'hui, on va le garder avec nous le reste de la semaine.

Là, c'est moi qui suis mise à l'index. J'ai bravé ma peur de l'avion, celle de dormir avec quelqu'un, et de partir avec un presque inconnu, je suis comme qui dirait à flux tendu.

– Ça te dérange pas ?

Non, tu penses.

– Ça va être tiguidou.

Allez, t'as fait du latin et du grec, des grandes écoles, tu peux arriver à comprendre du québécois bon sang, c'est du français ! Je vais me concentrer sur l'étymologie… Il y a le mot «doux» dedans, ça doit forcément être positif.

– Je suis sûr qu'il va t'adorer, c'est un amour.

C'est pas possible d'avoir une bouche si belle pour dire autant de conneries ! Évidemment que c'est un amour, c'est le sien !

Il a l'air mignon en photo son modèle réduit, mais ce genre de petite chose, ça vous transforme une semaine de découverte mutuelle en crash-test relationnel. S'il ne m'aime pas – ce qui chez une petite tête blonde se décide en une seconde, selon la franchise d'un sourire –, je chuterai de manière vertigineuse dans l'estime de l'autre qui jusqu'alors me trouvait à son goût. Une sorte de sélection naturelle s'opère par le regard de l'enfant, un darwinisme affectif immédiat. Sauf que justement, c'est bête, je devrais bientôt redevenir «accessible», ce qui permettrait – enfin ! – toute approche physique avec son paternel. Le point commun entre les règles et les enfants, c'est qu'on les a toujours entre les pattes quand il ne faudrait pas. Je dormirai dans la chambre d'amis, ce qui va définitivement compliquer la chose. Adieu veau, vache, cochon et jambes en l'air.

J'attends, anxieuse, qu'il aille récupérer le colis chez sa mère, la suite sera à la grâce de Dieu.

L'expérience que j'ai de ces petits êtres se limite au fait que j'en ai été un quelques années plus tôt, et que déjà, j'avais moyennement apprécié cette époque, n'en gardant guère de souvenirs impérissables si ce n'est un profond ennui d'être traitée comme une personne miniature à laquelle on fait avaler des bobards d'une bêtise crasse qui devraient faire rougir ceux qui les profèrent, comme l'existence du Père Noël, ou le fait que la dame avec papa n'est qu'une amie… Je me souviens parfaitement des quelques conquêtes féminines que mon père avait maladroitement tenté de me présenter. Je vais à mon tour être cette dame-là.

Dans la vingtaine on stresse parce que notre nouveau copain veut nous présenter à ses parents, dans la trentaine parce qu'il veut nous faire rencontrer ses enfants, dans la quarantaine parce que ses enfants sont des ados ! De quoi m'extraire définitivement du monde de l'insouciance.

Gabriel me dit qu'il n'y a aucune pression. Il est naïf ! Quand on prend soin de le préciser, c'est bien qu'il y en a une. Je serai une pierre de plus à l'édifice que ce gamin dressera à la gloire de son père. Les femmes qu'il lui montrera seront des portraits, des reflets des goûts de son paternel, sur lesquels il aura bâti son identité de petit homme. Outre mon inexpérience, il y a un problème majeur : je ne sais pas mentir. C'est pathologique, j'ai un besoin viscéral et cruel de dire la vérité. Impossible de jouer au poker, mon visage c'est le mime Marceau, je suis plus lisible qu'une notice de micro-ondes, tout est écrit dessus. Impensable donc de lui faire risette si je ne le sens pas.

La porte s'ouvre et un tout petit hominidé s'avance, curieux et rétif à la fois. Il a été prévenu de ma présence et me cherche du regard. J'ai pris soin de ne pas laisser traîner mes affaires, j'ai ôté à regret la chemise à carreaux de son père, pour ne pas paraître intrusive. Ne pas empiéter sur le territoire d'un autre animal est la première règle si l'on ne veut pas risquer de finir en charpie. Certes, celui qui s'avance vers moi est loin du gorille à dos argenté, mais on n'est jamais trop prudent.

Il s'approche à pas dansants sans me regarder, m'ignore tout en tournant autour de moi, je polarise son attention. Peut-être devrais-je m'accroupir à sa hauteur pour capter son regard ? Non, c'est une posture d'attaque. À moins que ce ne soit vrai que chez les chimpanzés, je ne sais plus, entre l'éthologie et la puériculture je confonds un peu. Je vais quand même pas lui jeter une banane et l'épouiller en signe de soumission, si ?

J'entre dans son cercle d'attention en lui lançant

une petite bille que je trouve à côté de moi. Il me la renvoie, toujours sans me regarder. Houston, nous avons un contact ! Il sort les autres billes qui constituent son trésor, pour me les montrer. Me voilà embarquée dans la cachette à jouets. Il me présente les plus belles pièces de sa collection. Celles qui font sa fierté sont l'objet d'une déférence toute particulière, d'un cérémonial de jeu. Il y a finalement peu de différence entre les petits garçons et les hommes, tous montrent avec orgueil leurs possessions pour vous impressionner et gagner votre affection.

Le temps de penser, je suis déjà à quatre pattes en train de le pousser sur un cheval à bascule, et nous prenons d'assaut ce qui ressemble à la table de la cuisine, mais serait en fait une forteresse où un Esquimau forcené se serait retranché. Super scénario ! Il faut absolument que je garde l'idée.

Et puis soudain, c'est le drame. Prise de chaud à force de crapahuter, j'entreprends d'ôter mon chandail, et mon t-shirt se soulève une seconde de quelques centimètres. Suffisamment pour découvrir mon nombril. Le petit le fixe avec un tel étonnement que j'y jette moi-même un coup d'œil pour voir si rien d'extraordinaire ne s'y loge. Creux et en tire-bouchon à l'intérieur, comme la nature l'a voulu.

– Papa, viens voir, vite, elle a deux nombrils !

J'avais oublié le petit trou laissé par le piercing

que j'avais eu à l'âge où l'on exhibe son ventre plat en portant des hauts bien trop courts. Impossible de faire machine arrière, le pli est pris. Pour lui, désormais, je serai la femme à la monstruosité rigolote. Moi qui voulais faire bonne impression. J'imagine déjà le récit qu'il fera à sa mère à la fin du week-end. Et le coup de fil qui s'ensuivra pour en savoir plus sur cette créature vraiment trop nombriliste.

Mon Québécois prend le relais en lui expliquant que c'est une prise pour me brancher lorsque je suis HS, que je fonctionne à l'électrique, et que dans le noir je fais de la lumière quand je suis sur secteur. On peut vraiment leur faire gober ce que l'on veut à cet âge-là. Il n'y croit pas réellement, bien sûr, mais son regard montre qu'il attend avec avidité que je lui donne la preuve de cette magie. Je vais quand même pas mettre les doigts dans la prise pour lui faire plaisir !

Découvrir un homme que l'on connaît peu avec sa progéniture est des plus éclairants. Voir ses attentions, ses comportements avec un être qu'il n'a pas à séduire vaut tous les horoscopes et les voyantes du monde. J'observe Gabriel évoluer, cajoler, rassurer et guider sa petite tête blonde assez amusée. Ça ne fait pas si peur, finalement. Si mes copines entendaient ça ! Pour elles, un homme qui a un enfant, c'est un obstacle. Mais c'est oublier bien vite le côté pratique :

si l'on n'est pas sûre de vouloir un gosse, il est moins pressé de vous en faire un, et si un jour on veut se lancer, il connaît déjà la marche à suivre. Dans ce genre de galère, mieux vaut qu'il y en ait au moins un qui sache naviguer. Et puis l'amour, ça ne se divise pas, ça se multiplie. Un homme et son gamin, ça en fait plus à aimer.

Surtout, ce qui est bien avec un père, si tant est qu'on ait l'âme joueuse, c'est que l'on peut avoir une excuse pour regarder des dessins animés, ou pratiquer des activités impossibles entre adultes. Après les courses au supermarché, tandis que monsieur range les victuailles, le modèle réduit et moi allons fureter dans les placards, enfilons ce que nous y trouvons de plus improbable. Il y a de la matière ! Je ne sais quelle mode terrible a dû frapper le Canada pendant les années 1990, mais le séisme esthétique était de magnitude élevée. C'est comme si elles avaient duré là-bas beaucoup plus longtemps qu'ailleurs ! Avec ce kaléidoscope de couleurs et de tissus de sa penderie, on pourrait reconstituer l'ensemble des Village People ! On est bien loin de la semaine romantique de découverte à deux semi-orgiaque, j'en conviens, mais j'ai lâché la rampe. De toute manière, je ressemble à un yéti hirsute sous mon bonnet depuis que je suis là.

Pour l'instant, deux bouches dodues pleines de

dents me sourient, ça me suffit ! Enfin y en a une à laquelle il manque deux quenottes devant mais peu importe. C'était une mauvaise idée de le faire croquer dans du pain avec de la vraie croûte. Lui parler de la Petite Souris aussi. J'ai dû le traumatiser avec ce rongeur qui rôde sous les oreillers des gamins la nuit... Ici, c'est la Fée des dents qui s'occupe de ça, alors forcément, quand je lui ai dit qu'une souris allait venir lui piquer ses chicots, il a hurlé. Je vais mettre toutes les pièces que j'ai dans son lit dès qu'il prendra son bain pour me faire pardonner. Et même y glisser un billet.

Pour bien profiter de nos déguisements ridicules, je propose que nous allions faire une balade sur le lac gelé en bas de la maison. Trois, deux, un, le premier arrivé au milieu a gagné. Courir dans trente centimètres de neige quand on porte des costumes trop grands, des bottes fourrées et qu'on traîne une luge avec un enfant dessus, c'est pas évident. Le soleil fait scintiller les flocons solidifiés, tout brille autour de nous. Nous rentrons en laissant derrière nous les formes de trois anges dans la poudreuse.

Au dîner, Gabriel se met aux fourneaux. Au menu : coquillettes-jambon. Et c'est dément ce qu'il est sexy ! Je dois être totalement en manque, tout ce qu'il touche devient terriblement érotique. J'ai envie d'être le biceps qui porte la casserole de pâtes – mais sérieux, il en a fait pour un régiment, il n'a vraiment aucune idée des proportions, ce type, c'est quand même pas compliqué –, d'être la louche avec laquelle il nous sert les plâtrées comme dans une cantine militaire, j'ai même envie d'être le jambon dans lequel il croque – je me sens un peu responsable en voyant le gamin mâcher sur le côté. Je porte un costume disco couleur moutarde en velours côtelé, lui une perruque de Tina Turner, et je m'apprête à manger un plat normalement interdit à ceux qui n'ont plus de dents de lait, bref, je suis en mode ravie de la crèche.

Le petit prince assis à côté de moi effectue une danse inconnue. Gigotant d'une fesse à l'autre, il gagne du terrain, se rapproche dangereusement au point de venir se coller à moi. Comme une caille face au chasseur, je me tétanise, si je ne bouge plus, peut-être ne me verra-t-il pas. La chaleur de son corps m'émeut, j'en aurais presque la larme à l'œil. Son père observe la scène, amusé.

– Tu veux-tu des flots, toi ? me demande-t-il.

– Oui, j'aime bien la mer.

– Une trâlée de flots, ça te fait pas peur ? T'es willing pour la famille ?

Je crois qu'on ne parle pas de la même chose, mais on a l'habitude. Bois une gorgée d'eau, ça va aller.

Si je lui dis que j'en sais rien, que j'y ai encore jamais pensé, j'ai comme l'impression que ça va le décevoir.

Depuis que son fils est arrivé, son visage s'est animé d'un sourire nouveau. Comme d'une joie qui connaît les douleurs et les doutes, et choisit volontairement de ne pas s'arrêter sur ce qui ne vaut pas la peine, de ne pas ajouter à la noirceur du monde en y versant sa bile. Et quand je le vois transmettre cette perception de l'existence à son fils, j'en viens à me dire que le monde serait un bien bel endroit si tous les pères faisaient de même. À ma grande surprise, cela me plaît de faire rire ce gamin.

Mon téléphone vibre sur la table. Le petit s'en empare comme d'un trophée et veut me montrer qu'il sait lire.

– Je-suis-en-bas-de-chez-toi. Je-pense-à-toi, j'en-dors-plus. Y-a-plus-que-toi-dans-ma-tête. Descends. Laurent.

Il sait pas si bien lire que ça. Il ânonne chaque mot bien lentement, avec application. Du coup, son père a bien entendu le message de mon ex à l'ouvre-bouteille. Il jubile, j'en suis sûre. Et maintenant, comment tu te sens de lui avoir fait une crise sur le fait qu'il avait pas encore réglé son histoire passée ? Au moins, les chaussures de son ex, elles appellent pas pendant le dîner !

– Je vais pas me mettre bleu marine pour ça.

Bleu marine ? Chez nous on est vert de rage, on voit rouge, on broie du noir. Lui voit la vie en rose...

C'est l'heure d'aller coucher le petit prince, qui veut une histoire. Pas de problème, je me dévoue, ça m'évitera de croiser le regard de son père.

– Raconte-moi une histoire avec un lapin crétin.

Renseignement pris discrètement sur Internet grâce à mon téléphone, je découvre que le rongeur demeuré à longues oreilles est très en vogue dans les classes primaires. Cela me semble un peu redondant de dire qu'un lapin est crétin, mais l'enfant semble sourd à ce genre de considération.

Ne pas s'affoler, il sera endormi avant de se rendre compte que je n'ai aucune imagination.

– Il était une fois un lapin qui était crétin...

Je m'en sors super bien, je le sens.

– Il passait son temps à lancer des boules de neige dans la cour de récréation de l'école sur les autres lapins...

Je vais vite tourner en rond là.

– Mais comme ils étaient tous blancs, on ne distinguait plus les boules des autres petits lapins, alors parfois il se trompait et lançait des lapins sur les boules de neige. Je te l'ai dit, il était vraiment crétin ce lapin...

Si mon éditeur m'entendait, il s'arracherait les cheveux.

– Crétin mais joli. Avec le pelage bien touffu, des biceps bien costauds et de belles grandes oreilles. Un jour, alors qu'il allait lancer une abominable boule de neige sur un copain lapin, il se rendit compte que c'était... une lapine...

Je vais quand même pas lui raconter une histoire de fesses de lapins, je vais où, là, avec cette histoire !

– Une très belle lapine, d'un blanc aussi blanc que la barbe du Père Noël, ou que les fesses de la Mère Noël...

Arrête-toi, t'as perdu une roue, ma pauvre vieille.

– Avec les yeux bleus, qui battaient des cils comme des papillons en le regardant. Elle s'approcha de lui, elle voulait jouer et peut-être, qui sait, lui faire un bisou sur l'oreille. Mais lui, la voyant arriver, la regarda dans les yeux et... lui prouta au visage...

Ce dernier rebondissement de situation me vaut un franc succès immédiat.

– Oui, un gros prout. Elle, à la base, c'est pas ce qu'elle attendait d'un lapin. « T'es trop crétin comme lapin, toi », voilà ce qu'elle lui répondit en tournant les pattes, faisant frétiller sa petite queue de mécontentement. Et il ne la revit plus jamais, car elle déménagea le lendemain pour un pays lointain, où il n'y avait même pas de neige...

C'est fou, il est captivé.

– Alors le petit lapin crétin se dit qu'il était temps d'arrêter d'être crétin. Il n'avait plus qu'une seule idée en tête, revoir sa petite lapine. Il allait devenir pilote d'avion. Comme ça, il pourrait survoler les pays, les continents, les océans et, depuis le ciel, il verrait tous les lapins du monde et la retrouverait. Il entraînait ses petites pattes à tenir un manche d'avion, et quelques années plus tard, une fois devenu assez grand pour toucher les pédales avec ses pieds, il acheta des lunettes d'aviateur et passa son diplôme de pilote avec grand succès. C'était un des meilleurs du pays de la neige. À chaque vol, il scrutait le sol, à sa recherche. Et un jour… miracle! Il reconnut entre mille la petite tache blanche en bas, sur la terre, c'était elle! Elle vivait dans une charmante et toute petite maison de lapin, avec des fleurs de toutes les couleurs autour. Il fonça en piqué vers elle! Et posa l'avion dans son jardin sans écraser la moindre fleur! Quel as, quel pilote! Et lorsque enfin elle le vit, elle sut qu'il n'était plus crétin. Il avait trouvé la lapine de sa vie, celle pour laquelle il était sorti de son terrier pour conquérir les airs. Plus jamais il ne prouterait! Ils ne se marièrent pas, parce que ce ne sont que des lapins quand même, et va essayer de faire tenir un bustier de robe de mariée sur une lapine! Mais ensemble ils inventèrent des fleurs qui poussent même dans la neige, pour être toujours heureux. Et ils le furent…

Demain, j'appelle mon éditeur, on tient un concept.

C'est la première fois que ça me fait tant plaisir qu'un représentant de la gent masculine ferme les yeux en m'écoutant parler. Le marchand de sable est passé. Ou est-ce moi qui m'endors ? Je peux pas comater comme une quiche dans la chambre du gamin ! Tant pis, on verra demain matin.

Manier l'art
de l'effeuillage

Au matin, victoire, le miracle de la mer rouge vient enfin de se produire. L'exode sexuel peut prendre fin. La terre promise est proche. Hélas, le divin enfant a d'autres préoccupations.

– Dessine-moi un requin-marteau avec une bedaine.

Il a des demandes drôlement précises pour un petit de cinq ans quand même.

– Et une andouillette.

Mais comment il connaît ça ?!

– Bien sûr, et dessinée avec quoi, ton andouillette, des frites ?

– Non, une balloune.

À question idiote, réponse d'enfant. Un requin avec un gros ventre et une andouillette dans un ballon, chaud devant !

– Mais ton requin, il ressemble à l'andouillette.

S'essuyer tout seul les fesses aux toilettes, ça il ne

sait pas, mais la différence entre un requin-marteau et une andouillette, là ça joue les spécialistes. Je vais dessiner un requin-andouillette, ça ira plus vite.

La matinée passe entre coloriage, pyramides de dominos et œillades licencieuses. Avec le père, pas l'enfant, évidemment. Si ça continue, il va falloir appeler les services sociaux ! À peine fait-il un geste que je suis prête à bondir. Il pèle des pommes de terre ? Ça sent le vice. Il range la vaisselle ? Salace. Il joue à quatre pattes avec le modèle réduit ? Orgiaque. J'ai l'arrière-train prêt à emboutir le quai, le pétard en polychromie, la mèche tendue, à la moindre flamm-mèche je pars en vrille.

Il faut après le déjeuner accompagner fiston à son cours de hockey. Faire glisser sur des patins des bambins qui tiennent à peine sur leurs cannes, pour fourrer un palet qui n'est même pas une balle dans une cage minuscule avec un gardien immense, je ne vois franchement pas l'intérêt. On serait mieux sous la couette, mais passons. Il ne va tout de même pas vouloir qu'on reste l'encourager pendant tout l'entraînement ?! On va perdre un membre dans ce froid !

Dans la voiture, après avoir calculé une bonne dizaine de fois le temps de trajet aller et retour pour regagner la maison, je me rends compte que ce n'est pas encore le moment du buisson ardent. À moins de faire notre affaire en huit minutes. Deux pour s'embrasser, deux pour chaque sein, et deux pour plus bas, ça laisse peu de marge d'erreur.

Le seul endroit où se réchauffer à proximité est un cloaque de bord de route, le «motel rendez-vous du Lac, films érotiques, danseuses». Rafraîchissant. On va donc pousser en Moon Boot la porte d'un club de strip-tease en plein après-midi! Je prie de toutes mes forces pour qu'on n'accueille pas mon Québécois comme un habitué en criant son nom.

Nous nous installons sur les tabourets hauts, après avoir écrasé les cadavres de cacahuètes sur le sol. Marilyn, la serveuse, nous tend deux bières qu'elle décapsule entre ses seins. Une spécialité locale, sans doute. L'endroit est sans âge, Marilyn aussi. Elle nous demande si nous voulons de la musique, je réponds par l'affirmative. Gabriel me lance un regard qui me fait comprendre que je n'aurais pas dû.

– Tu vas voir, elle danse comme une vache mais elle enlève son kit, elle se criss à poèlle en deux secondes.

Ni une ni deux, la femme aux nichons décapsuleurs sort de derrière son comptoir, balance ce qui lui faisait office de haut, et de jupe. Bon sang qu'elle est rapide! Elle grimpe sur le bar et se trémousse à se déboîter les hanches sur du Donna Summer.

Il doit lui falloir une prothèse parce qu'elle break-dance plus qu'elle n'ondule. C'est vraiment original comme sortie. La situation est tellement contraire à toute règle de séduction que ce type me plaît de plus en plus.

– Et les autres là-bas, ils font quoi ? je demande en voyant la flopée de types impassibles, vissés sur leurs sièges.

– Ils restent là toute la journée, assis sur leurs steaks, à se pogner le cul.

Quoi ?! Mais c'est répugnant ! Une fois encore, je suis victime d'un décalage lexical.

– Ça veut dire ne rien faire.

– Ah, c'est des branleurs quoi.

Il me regarde un peu choqué par le terme. Marilyn nous demande si nous voulons une danse privée que nous refusons poliment. Mieux vaut s'éclipser avant de voir la lune.

Nous allons récupérer le marmot. Mais il y en a deux qui s'approchent, ne me dites pas que ça s'est dédoublé ? Il s'agit d'un copain, le fils des voisins et meilleurs amis de Gabriel, chez lesquels je découvre que nous dînons le soir même. Mais que faire des deux asticots d'ici là ? Comment les occuper ? J'ai tenu avec un, je ne suis pas sûre de pouvoir réitérer l'exploit avec une paire.

– On n'a qu'à déposer les enfants à la piscine, je

lance, enthousiaste, persuadée que le sport est bon pour leur santé.

Gabriel pile, en oublie d'embrayer au feu rouge passé depuis quelques secondes au vert.

– Si tu veux, on peut trouver des toilettes…

Renseignement pris, l'expression signifie faire la grosse commission. C'est officiel, une Française ne peut pas séduire au Québec si elle ouvre la bouche, c'est même une loi de la nature.

Nous déposons les enfants chez la mère du copain, qui les accueille sur le porche.

– Vous nous les laissez là, pis vous revenez souper dans une heure ?

Impossible de refuser l'invitation, il a l'air enthousiaste à l'idée de me présenter à ses « chums ». Mais pour l'instant, mon cerveau a bloqué sur le « revenez dans une heure ». Je n'entends rien d'autre, j'ai déjà l'imagination qui me turlupine, la machine à fantasmes emballée. La maison n'est qu'à dix minutes en voiture. Le moteur est encore chaud. Ça fait quarante minutes sur place, seuls. Vas-y, appuie sur la pédale ma Québécoise, je vais te faire chanter, ça sera pas du Céline. J'espère que la vision de la grosse Marilyn et de sa hanche en bois ne lui a pas coupé la chique. Impossible de m'enlever Donna Summer de la tête. Non, je peux pas faire ça la première fois avec lui sur du disco en bande-son dans ma tête, pitié !

119

De toute manière, on est bien loin de la première fois que j'imaginais. Ah, que d'attentes et d'idéalisation ! Je me voyais déjà parfumée à la rose dans les moindres recoins, le cheveu aussi léger que la cuisse. Sauf qu'au bout de trois jours à porter un bonnet et manger des fèves au lard, le cheveu comme la cuisse sont lourds et gras. Je me sens plus phoque que sirène. Mais le moment repassera-t-il ? À ce stade, je suis totalement auto-érotique et ne cesse de me caresser le bras ou la joue, il y a urgence. Lui prend chaque matin des douches de plus en plus longues.

Couverte de la tête aux pieds par trois couches de vêtements, quarante minutes, c'est à peu près le temps qu'il me faut pour enlever puis remettre mes nippes, douche non comprise. Comment amorcer la pompe, lancer les hostilités ? J'ai dû laisser mon arme de séduction à Paris, mon alliée magique pour ce genre de situation : une robe. Peu importe la matière ou la couleur, avec elle on peut immédiatement basculer vers moins de mots et plus de sexe. À vrai dire, plus elle est courte, moins de mots il faut pour se comprendre. Une robe qui n'en dit pas trop vaut mieux qu'un long discours. Là, c'est fichu. J'en suis même à me demander si je lui plais encore à force de ressembler à l'abominable femme des neiges.

Quarante minutes montre en main, c'est court, surtout quand on est avec un excité de la ponctualité, un minutieux du cadran, un assidu de la trotteuse. Moi je suis plutôt de ce point de vue assez kantienne, l'espace et le temps n'existent pas, ils ne sont que des perceptions. Lui, Kant, connaît pas et quand t'es en retard, il n'aime pas. Le temps que je réfléchisse, il a déjà tombé le bas et m'attend dans le lit au coin du feu.

Une question cruciale, celle de la protection. Parce que je n'ai pas envie qu'il me mette un pancake au four tout de suite. Comment dire à un homme : « Au fait, je ne prends pas la pilule », et surtout à quel moment, sans risquer de lui couper l'herbe sous le pied ? Trop tôt, on risque de le faire paniquer. Trop tard semble également une mauvaise option, pour des raisons évidentes. Certains vous lancent comme un regard de désapprobation ou de déception à ce moment-là. Comment, madame ne fait pas en sorte que le terrain de jeu soit praticable de tout temps ? Non, on ne va pas faire de vélo sans casque, désolée.

Je connais Gabriel depuis à peine trois semaines – j'entretiens une relation de plus longue durée avec un yaourt dans mon frigidaire –, je ne vois donc pas l'urgence à sauter sur le pilulier. Est-ce qu'on doit alors prendre les devants et proposer des préservatifs ? Pour cela il faudrait en acheter. Je n'ai jamais pu.

Venant d'une petite ville de province, où tout le monde se connaît, j'ai conservé une adrénaline d'angoisse et de culpabilité de la fois où j'ai tenté de m'en procurer à la pharmacie du quartier, gardant mon casque de mobylette et mes lunettes de soleil pour plus de discrétion. Évidemment, en plein hiver, c'était pas la meilleure idée. Mais pire que d'acheter des préservatifs pour une femme, c'est de devoir acheter la pilule du lendemain. Peu importe l'âge ou le statut social, on a alors l'impression de porter un bonnet d'âne avec écrit : « Je suis une catin » tandis qu'on effectue la lente marche de la honte jusqu'au comptoir. À peine a-t-on ouvert la bouche que la pharmacienne a changé de regard, elle nous juge, on le sait, pire encore si c'est un vieux à lunettes. Et quelle que soit la pharmacie choisie pour commettre ce forfait, elle ne sera jamais assez loin de notre conscience pour qu'on ne se sente pas avilie. Confrontée à cette situation, j'aurais presque eu envie de m'asperger moi-même d'eau bénite si j'en avais eu, en criant : « Je suis une vilaine fille. » Entre la peste et le choléra, mieux vaut choisir les préservatifs.

Le Québécois ne s'embarrasse pas de ces questions, et me demande tout de go si je prends une contraception. C'est bien aussi les hommes qui s'occupent de la logistique. Et du reste aussi. Décidément, il sait y faire.

L'attente avant consommation a-t-elle été assez réglementaire pour déboucher sur une véritable relation? L'homme a-t-il donné assez de signes extérieurs d'engagement ou, du moins, de santé mentale? Me voilà qui guette le moindre mouvement de l'autre. Tout est signe. Il s'éloigne, ça ne lui a pas plu. Il se tourne, il a changé d'avis et ne veut plus me voir. Il se tait, c'est qu'il n'ose pas me dire ce qu'il ressent. En fait, il s'éloigne parce qu'il colle, il se tourne parce qu'il a juste envie de bouger et il se tait parce qu'il n'y a pas besoin de parler. Ça, ma peur m'empêche de le voir. J'attends une discussion, alors qu'au fond je n'ai pas franchement envie de parler. Je voudrais juste entendre un «Je ne vais pas partir en courant, j'ai toujours très envie que tu sois dans ma vie».

Mais d'où vient cette insécurité qui nous fait toutes nous poser ces questions à la vitesse d'un hamster dans sa roue? On n'a quand même pas toutes eu un père foutraque! Sauf pour certaines femmes naturellement confiantes et douées en amour, très rares, comme des licornes élevées dans des fermes bio, sur des nuages, ou en bocaux, sous vide, nées sur des lits de paillettes roses. C'est comme si on attendait déjà le moment où l'autre va nous décevoir et révéler son vrai visage : une tête de con.

Pas le temps de me lancer dans cet exercice de décodage post-coïtal, nous sommes déjà en retard pour le dîner. Tandis que j'enfile la première de mes trois couches de vêtements, une seule question le turlupine : est-ce qu'il m'a donné assez de plaisir ? C'est cocasse et tellement inapproprié de le formuler ainsi, c'est tellement lui que je suis obligée d'adorer. Rassuré sur sa performance, il me dit de me « grouiller les fesses ». Je l'embrasse dans le cou et lui demande ce que ça veut dire en québécois, espérant une autre signification que la nôtre.

– Awaye, pédale ! Déguédinne !

La même chose, donc. Limite, je préférais la première formulation. J'ai nettement moins envie de l'embrasser d'un coup.

Je cherche de quoi être présentable dans ma valise qui me semble soudain minuscule et constate, navrée, qu'à Paris ou au Québec je n'ai décidément rien à me mettre. Les affaires de son ex me font de l'œil, mais plutôt m'éborgner que de les mettre ! Oublie les escarpins qui te donnent de l'aplomb, ici tu les glisses dans un sac plastique et tu enfiles des bottes, des gants et tu couvres tout ce que tu as l'habitude de montrer. Chercher à mettre le jean qui t'amincit le plus ? Laisse tomber, pas avec un épais collant dessous. Au Québec, peu importe où tu te regardes, tu fais une taille de plus, même à poil. Le complexe de la minceur ne traverse pas l'Atlantique. Le froid appelle le gras, la maigrichonne ici, elle grelotte.

– Te mets pas sur ton trente-six, c'est juste un dîner comme ça, à la bonne franquette.

– Tu veux dire, sur mon trente et un ?

– C'est trente et un seulement chez vous ?

– Mais comment ça, seulement ? Il n'y a pas trente-six jours dans un mois ! Vous ne savez même pas compter ?

– Mais ça n'a rien à voir avec les jours du mois !

– De toute façon, vous vous mettez sur votre trente et un tous les trente-six du mois, vous êtes en jogging tout le temps !

– Tu veux y aller en jogging ?! Arrête de te faire aller le mâche-patate, tu seras ben attriquée à soir !

– On vous donne une belle langue et regarde ce que vous en faites ! Sans rire, on dirait que vous parlez en vitesse accélérée, vous prononcez pas les mots, vous les mâchez comme du chewing-gum !

– Tu veux-tu de la gomme à mâcher ?!

– Mais tu comprends rien ! De toute façon, pour être bien habillée ici, il faudrait un moteur attaché au cul. C'est quoi cette manie de mettre des moteurs partout ?! Les barques, les tondeuses, les chauffages, tout. Si Venise était peuplée de Québécois, les gondoles seraient à moteur, on s'entendrait plus se rouler des pelles !

– Tu veux pas qu'on aille à la soirée avant d'aller à Venise ?

– T'as vraiment un problème de communication !

– Arrête de me tirer la pipe là, beauté, tu me gosses.

– Quoi ?! Maintenant ? Après ce que tu viens de me dire ?!

– Mais là, t'es en criss pour rien, regarde-toi aller là, t'as le feu au cul !

– Tu sais ce qu'il te dit, mon cul ? Que t'es pas près de le revoir !

C'est très dur de mettre en colère un Québécois, ils ne sont génétiquement pas faits pour ça, mais j'ai visiblement réussi. Moi, ça m'a fait du bien de décharger mon inquiétude. Ça fait plus classe de passer pour une caractérielle exigeante que pour une émotive insécure après l'amour.

En France, quand quelque chose nous taraude, on fait des reproches à notre gars. Il s'insurge, nous dit qu'on exagère, on répond que c'est lui. Au final, il s'excuse et prononce les mots qu'on attend. Et si on s'enlise dans la dispute sans remporter l'argument, il reste le coup à l'aveugle un peu déloyal, la pêche au gros de la culpabilisation, le «Je sais tout de toute façon». Il est rentré tard, il a changé de pièce pour prendre un appel louche, on a bousillé le rétro de la voiture ou dépensé le budget des vacances chez le coiffeur, peu importe la situation, le «Je sais tout de toute façon» est le couteau suisse des retournements de situation. Lui s'étonne, tente de mettre un complément d'objet à notre verbe : «Tu sais quoi ?» Il faut alors maintenir le cap : «Tout.» Vient ensuite l'exaspération : «Mais quoi, tout ?» Fermeté et regard droit planté sur lui : «Tout.» Puis il monte en gamme, se met en colère, s'offusque : «Tout, tout !» Un dernier monosyllabe asséné : «Oui, tout.» Et là son regard dévie, se fait fuyant, ses mains fouillent dans ses poches comme pour y trouver une réponse : il est en train de faire le tour dans sa tête de ce qu'il a fait d'un peu limite à son sens, de le comparer avec ce que vous pourriez savoir, et comment vous l'auriez su. À ce moment précis, jamais il n'a pensé aussi vite, il est à mach 3 dans l'examen de conscience.

Le danger, c'est l'efficacité totale de ces quelques mots. Si soudain sa pomme d'Adam oscille nerveusement de haut en bas, ou qu'il se met à bégayer façon mitraillette à excuses enrayée, il a effectivement quelque chose à se reprocher. Un peu de linge sale qu'il a planqué quelque part derrière le lit et qui commence à sentir. Certes, vous aurez gagné la dispute, mais maintenant vous aurez le doute, et il faudra vivre avec.

Nous, les Français, on aime crier pour le sport, la beauté du geste, pour se purger la bile. Un certain conflit est séduisant pour le piment qu'il injecte dans la relation et l'adrénaline qu'il suscite. Énerver un Parisien, c'est très facile : s'immobiliser devant lui dans un escalator, conduire lentement sur la file de gauche, lui demander où sont les autres pièces de son appartement, ou de vous prêter quelque chose. Au Québec, le conflit ouvert provoque au contraire chez l'homme une réaction de malaise.

Conclusion, après l'amour, mieux vaut simplement me dire qu'on tient à moi, peu importe par quel bout, et surtout ne jamais me dire de me magner le cul !

Les amis de mon ami sont mes amis. Ou pas

Alors que nous nous chaussons, périlleux exercice qui peut durer un certain temps dans ce pays, il me demande de lui faire penser à acheter une bouteille sur la route. Mais pourquoi les hommes ont-ils besoin de sous-traiter les aspects quotidiens de leur vie auprès du cerveau féminin ? N'ont-ils pas assez d'espace vide entre les oreilles ? C'est supposé être le même outillage que nous là-dedans ! Pourquoi aurions-nous à cœur de remplir notre cervelet de ce genre d'information ? C'est notre faute aussi : comme nous n'oublions jamais leurs erreurs, les hommes pensent que nous sommes dotées d'une mémoire extraordinaire. Raté. Elle est simplement hautement sélective ! On constitue et on archive des dossiers à charge à sortir en cas de besoin, c'est tout.

Avec ça, le temps de monter dans la voiture, j'ai déjà oublié ce qu'il m'avait demandé de me rappeler... Nous partons dans le noir jusqu'à la hutte de nos hôtes.

La présentation de son homme aux amies, c'est un concours aux bestiaux dont peu se sortent indemnes. Les mâles sont passés au crible, à la radiographie, au rayonnement magnétique du petit ami idéal, multiplié par le quotient intellectuel, le potentiel de père adéquat et bien sûr les bonnes manières, sans parler de l'esthétique ni de la mise en beauté. Le toilettage, les sabots, tout y passe. Nos amies flattent du regard et critiquent tout ce qui est démontable pour tester notre motivation. Rares sont celles qui peuvent se contenter d'être simplement heureuses pour nous lorsqu'on leur présente quelqu'un qui nous plaît. Sauf qu'ici, c'est moi qui vais passer sur le gril.

Avec en prime la question classique qui tient en haleine toute la soirée : « Est-ce qu'ils vont me trouver mieux que son ex ? » On adore comparer ce qui n'est pas comparable et ne doit jamais l'être. On le sait, mais peu importe. Me répéter que je suis une femme formidable et qu'ils vont forcément m'adorer. Si j'étais eux, je m'aimerais. Mais s'ils étaient moi, est-ce que je m'aimerais ? Faut que je rétrograde, je patine.

Si je doute de faire bonne impression ou de ne pouvoir réprimer une fâcheuse tendance à raconter des blagues franchement bien moisies quand je suis mal à l'aise, il me reste la technique dite éthylique-amnésique : apporter une bouteille d'alcool – très fort – et préparer de – nombreux – shooters à tout le monde. Ainsi, sitôt saoulés, ils diront n'importe quoi et si je faute, cela se noiera dans l'ébriété générale. Ça tombe bien, j'aime bien licher des coupettes, soiffer du pinard, m'imbiber de nectar, chopiner de la cervoise, lipper du champagne et m'ivrogner de raisin, et même, je suis pas contre pictancher le dimanche midi à l'heure du brunch. Bref, je suis française, pire, je suis basque, et une Basque, ça s'hydrate convenablement.

Nous arrivons devant la porte sans nous être dit un mot. Pitié, faites qu'il n'y ait pas de pote graveleux. Celui qui vous claque le dos et vous reluque en vantant vos mérites à son copain, rit à deux centimètres de votre visage et éventuellement vous met une main au panier dans la soirée. Pire, le copain noceur. Celui qui a la jambe qui tremble passé vingt-trois heures, qui transforme votre homme en sac à viande saoule en lui glissant : « Allez, c'est pas vraiment tromper. » Respire ! Ça va bien se passer, s'ils sont à son image, ils seront parfaits.

L'autochtone me propose tout de go d'enlever ma froque et de me mettre bien à l'aise. C'est culotté.

Je n'avais pas prévu l'option soirée naturiste. Gabriel tend mon manteau et me fait visiter la maison. Je me sens épiée. À peine le pas de la porte passé, je me retrouve nez à nez avec un écureuil qui joue au golf et un raton laveur qui boit une bière. J'ai l'impression d'être dans un parc animalier après avoir trop fumé. Les bestioles joyeusement empaillées m'observent avec curiosité. Tandis que la demi-douzaine de Québécois – oui, ça se compte par bouquet comme les fruits de mer – préparent le repas, l'un d'eux me demande :

– Et sinon, tu sais cuisiner ?

Quelle horreur, cette question ! Va-t-il mesurer la taille de mon bassin pour estimer mes capacités de pondeuse pour la lignée ou me regarder les dents pour vérifier la qualité de l'investissement ? La Française dans la trentaine ne cuisine pas. Sauf les-sans-relations-sociales. Bon, lui, il est québécois, il ne sait pas tout ça, je peux lui avouer que je cuisine un peu en vrai. Mais il ne faut surtout pas que ça se sache, j'ai une réputation !

La deuxième surprise, c'est que je m'attendais à me retrouver chez des rustres, tandis qu'au beau milieu de nulle part au Québec, les bouibouis servent des risottos aux asperges d'un fumet rare. Les verres se lèvent, la soirée s'anime. Rapidement, quelque chose me saute aux yeux. Enfin, aux oreilles. Elles sont passées où les autres syllabes des mots quand ils parlent ? Je ne peux pas croire qu'elles ne servent à rien, elles sont forcément là pour une raison. Je saisis certaines expressions, mais me rends vite compte qu'étant en minorité, je vais louper une grande partie de la conversation. Ils appellent les jolies filles les « pitounes », ces rondins de bois trempés dans l'eau utilisés par les castors pour leurs constructions. Tu parles d'un compliment !

Plus ils boivent, pire c'est. Je vais boire plus qu'eux, pour anticiper leurs phrases ! Ça ne marche pas, et en plus, je commence à avoir le tournis. L'écureuil n'a toujours pas fini sa bière et m'observe bizarrement. Il se paie ma tête, je le sens. Une tête d'élan fume la pipe au-dessus du canapé tandis qu'ils parlent cinéma, politique et énergies renouvelables. C'est vraiment une autre culture. Au fil de la soirée, l'accent de Gabriel change aussi. Incroyable, il se contrôlait avec moi depuis tout ce temps, mais à l'état sauvage, dans son habitat naturel, mon animal relâche son ventre autant que sa langue. Il déblatère façon Vieille Province ! Lui aussi avale les syllabes, les étrangle et les maltraite, tout en laissant apparaître sous son pull un semblant de bedaine.

Plus la soirée passe, plus c'est moi qui parle mal. Les gros mots sont en France comme des signes de ponctuation, on les emploie pour dynamiser son propos. Nous avons les bonnes manières, les arts de la table, mais on va se ruer sur le dernier morceau dans le plat, tandis que le Québécois, il ne vous sort pas le service trois couverts au souper mais il vous accueille sans rendez-vous, avec votre blonde, vos enfants et vos chiens si vous en avez – il risque juste d'en faire de la taxidermie.

Au menu : fèves au sirop d'érable et tarte au sirop d'érable. C'est la fête de la glycémie dans mon corps, le Noël des diabétiques.

– C'est écœurant à force, tout ce sucre.

– Merci, très aimable.

Ici, c'est un compliment. Un de ses copains lance :

– Faut la faire manger, on dirait un chicot, elle va casser.

Un autre, plus poétique, s'empresse d'ajouter :

– Elle est montée sur un frame de chat.

Je les regarde en silence.

– Elle est mince comme de la peau de pet.

Grisée par l'alcool, je me permets une remarque, puisqu'il s'agit de moi :

– Y a quand même beaucoup d'expressions autour des fonctions naturelles dans ce pays, je ne veux pas critiquer votre langue, mais tout de même. Je dis ça, je dis rien.

Les deux critiques de ma silhouette prêts à me gaver comme une oie du Canada me font les gros yeux. Puis s'adressant à mon bel indigène :

– Elle parle pointu ta blonde, mon chum, mais elle sait pas ce qu'elle dit.

Je me sens mal à l'aise devant ces regards qui sont justement si bienveillants et font tout pour que je me sente bien. On ne médira pas de moi sitôt la porte passée.

Côté femmes : pas le moindre regard critique sur la marque de mes chaussures ou ma coupe de cheveux. Je me sens vraiment loin de Paris et libérée d'un poids social, sans cette bonne vieille rivalité féminine entre amies où il ne faut jamais être plus mince que l'autre, sous peine de cataclysme – sauf si on a des plus petits seins pour équilibrer l'affront. Y a des règles comme ça. On vous souhaite d'être heureux en amour, mais on ne vous pardonne pas de parvenir à l'être. On doit se plaindre de son amant – ou si l'on n'a même pas l'originalité d'en avoir d'un, de son mari –, de son boulot, de la politique, du temps, de soi-même surtout, bref, l'important, c'est de râler. C'est même le cœur des soirées entre amis. On écoute l'autre en faisant mine d'acquiescer, puis on se gausse dès son départ. À Paris, le sentiment d'insatisfaction se respire autant que les particules fines. Pas ici, c'est bizarre. Vraiment étrange, ce pays.

Un « piton », c'est un interrupteur, un « pitou », c'est un chien. Alors forcément, quand le maître de maison me demande « d'appuyer sur le piton » pour allumer l'extérieur, j'appuie sur le chien, qui jappe, la honte.

— T'en fais pas, il est fou comme de la marde.

Mon homme raconte, tranquille, ma petite montée de sang survenue quelques heures plus tôt, ce qui les amuse.

— Pogne pas les nerfs comme ça, me dit l'un d'eux.

— Garde tes shorts, commente un autre.

Oui, je vais garder mon calme. Je découvre au cours de la conversation que « Prends ton gaz égal » n'est pas une exhortation à péter fortement en public, que ne « pas capoter » n'est pas une invitation à des relations intimes sans protection et que lorsque l'un me dit qu'il « a un rapport », il veut simplement roter. C'est dire si j'ai suivi le fil de la soirée…

L'heure du dessert arrive enfin. Il était temps, car pour eux il est onze heures du soir, pour moi cinq heures du matin. J'ai l'impression d'avoir fait une nuit blanche alors qu'on ne s'est pas encore couchés. Quand ils me proposent de faire une tire sur la neige, j'ai retenu la leçon, je ne moufte pas, tandis qu'ils remplissent un plat de neige, la tassent et font chauffer du sirop d'érable – misère ! – dans une marmite. Combien de brûlures au troisième degré sont recensées chaque année ?

Le sirop en ébullition est déposé sur la neige, et avec une spatule en bois, ils roulent le liquide qui durcit en formant une sucette. Moi qui depuis des années fais tout pour gommer mon accent, qui ai supporté des heures chez l'orthophoniste pour effacer les traces de mon indigence provinciale, soudain, au beau milieu de la conversation, sans doute mise en confiance par leur langue déliée, je lâche avec une belle intonation du Sud-Ouest :

– Dià ! Il est gavé bon, ce dessert !

Tous me regardent, sidérés.

Mon Québécois a réveillé son petit prince pour venir goûter. À nous voir tous debout, dans la cuisine, autour de la gazinière, trempant notre petit bout de bois dans le caramel d'érable, je me sentirais presque en famille. J'empoigne une flopée de bouts de bois et je sers tout le monde. L'un d'eux complimente mon initiative :

– T'es vraiment hot comme fille, toi !

Il faut réellement que j'achète un dictionnaire, sinon je vais faire un malheur.

Ne pas avoir froid aux yeux. Ni ailleurs

Lequel de nous deux a proposé d'aller faire de la motoneige en pleine nuit après avoir couché le divin enfant ? Aucune idée. Mais surtout, pourquoi tout nus ? Je soupçonne l'écureuil lubrique de me l'avoir suggéré. Il n'a pas dû avoir beaucoup de mal à me convaincre. Loin de toute intellectualisation, dans laquelle je baigne le reste du temps, j'aime quand tout vrille en hélice, quand les conventions partent en toupie. Il y a donc de grandes chances pour que l'idée vienne carrément de moi…

Toujours est-il que voilà mon Québécois sortant son gros engin du garage. Je savais bien qu'ils adoraient les moteurs, ces Canadiens. Il ne va pas le faire, il va se dégonfler. Ben, non, il commence à se dépoiler, en gardant juste ses gants et ses bottes. Voir un truc pareil, ça valait vraiment le coup de prendre l'avion ! Mais comment il fait pour être aussi sculptural malgré le froid ! Il donnerait envie à une nonne, ce type-là.

– J'espère qu'on se fera pas coller pour souffler dans le balloune !

Je m'installe derrière lui, agrippe son torse, enfin ce que je trouve, et nous traçons dans la poudreuse de la nuit. Une version très alcoolisée de la Route 66.

– T'as les foufounes gelées ? me demande-t-il.

J'ai dû mal entendre, je me raidis. En fait, il parle de mes fesses. La grossièreté n'est parfois qu'une question de fuseau horaire.

Il accélère, nous nous enfonçons dans le bois, j'évite de justesse une branche en me baissant, mais d'autres me fouettent les cuisses.

– T'es chicken ?

Non, avec lui je n'ai pas peur. Il neige à gros flocons, j'ai l'impression d'être sur un nuage, dans un champ de coton, je le serre plus fort.

Un bruit étrange se fait entendre. La moto toussote, halète, graillonne, mollarde puis postillonne son dernier gaz. Nous sommes à l'arrêt. Le coup de la panne dans le Grand Nord avec les ours autour me paraît d'un goût douteux.

– Le skidoo y va mal, j'ai peur qu'on reste pognés.

Je le vois s'activer autour des chaînes, se pencher en avant, regarder le moteur. Le tout à poil dans la neige, ce qui me ferait rire si je sentais encore mon visage.

– Tu connais pas un dépanneur ?

– Mais pourquoi tu veux un épicier, c'est pas le moment !

Soudain, je vois une forme bouger entre deux arbres, une ombre imposante se déplacer lentement. Je m'approche de Gabriel, il va me protéger. Il tremble.

– Je suis un peu craintif comme garçon.

Dans la pénombre, j'arrive enfin à identifier la menace, et hurle de joie :

– Oh, un orignal ! J'aimerais le prendre en photo !

Enfin j'en vois un ! Voir des animaux, c'est la première chose qui sort de la bouche des touristes quand ils arrivent au Canada. À poils, à écailles ou à plumes, y a de la bébête dans ce pays. Mais la star des stars, c'est l'orignal. Si vous allez au Québec sans voir d'original, vous avez raté votre voyage.

– Dommage, j'ai pas mon portable, j'ai pas d'appareil.

Je me demande de toute façon où j'aurais pu le mettre.

Gabriel me regarde comme une dinde qui danserait de joie à la veille de Noël.

– Mais tu rêves en couleur toi ! Si on repart pas, on peut crever de frette. J'ai pas d'ondes pour appeler du secours. Pis c'est pas un orignal, c'est juste un cerf.

Il n'a pas tort. Sauf pour l'orignal, je lâcherai pas l'affaire.

– Je crois qu'il nous charge.

Nous remontons d'un bond sur la moto, il tente une dernière manœuvre, saisit les poignées, je ferme les yeux, elle vrombit ! C'est quand même dommage de ne pas avoir pu prendre de photo. Un orignal, c'est classe.

Nous reprenons le chemin de la maison sans plus trouver la force de parler. Je me serre encore un peu plus contre lui, je n'ai même plus froid.

Lui mettre la fièvre

Le lendemain matin, je suis toujours collée contre son corps chaud. Très chaud. Un peu trop. Il a de la fièvre. Parce que, québécois ou pas, balader le service trois pièces dans la neige à pleine vitesse est souvent synonyme de rhume. Ses narines ont doublé de volume, il parle du nez, ce qui avec l'accent donne un mélange assez amusant.

– C'est l'printemps, les érables coulent, observe-t-il.

Un homme malade, c'est une épreuve tout entière, mais le mien déborde d'attentions autant que de morve. Il est en mode tuyauterie interne inversée. Il se lève pour prendre son café et dit :

– Je crois que je vais tomber dans les pommes.

– Ça veut dire quoi chez toi ?

– Que je vais m'évanouir.

– Ah, super, comme chez nous !

Tandis que je me réjouis d'enfin trouver une

expression en commun, lui devient blanc comme un linge. Il va vraiment tourner de l'œil. Je l'assois sur le lit, lui enfile sa polaire, lui mets une couverture poilue sur les épaules et lui fais chauffer une soupe.

Avec ses plus belles chaussettes montantes, on dirait un skieur qui a fait une sortie de piste. Ainsi attifé, il erre comme une âme perdue, mouchoir à la main, reniflant, suintant, renâclant, gémissant son malheur pour que je l'entende, parce que nous les femmes on a une bonne mémoire mais de mauvaises oreilles. À partir de trente-neuf de fièvre, l'homme envisage sérieusement la mort, s'inquiète de nous voir disparaître dès lors qu'on a passé la porte.

Le lendemain de cuite, déjà, à Paris c'est pas glorieux, mais au Canada, j'ai la gueule de bois internationale. Dans la salle de bain, je constate l'étendue des dégâts sur mon visage. La mèche grasse, la bouche pâteuse, le teint blafard. C'est pas vrai, deux boutons ? Symétriques, sur mon front et mon menton, en plus ! Je me revois ado, à l'époque où une mitose sexuelle s'abattait sur nous, les filles devenaient des femmes, les petits garçons des obsédés. Une peau exempte de pustules et autres réjouissances dermatologiques, des dents désespérément droites et de quoi remplir un soutien-gorge me rendaient alors inexplicablement populaire. Tout se paie, je la fais maintenant, ma montée d'adolescence, dans sa salle de bain. Surtout ne pas toucher. Ici, tout pousse plus grand, plus vite, y a qu'à voir la taille des arbres.

Être branchée dans les années 1990, c'était facile. Un Levi's 501 sur les fesses et l'affaire était réglée, et avec un balconnet en prime, t'étais la reine du pétrole. En arrivant à Paris, mon bac et cinq cents francs en poche, je m'étais offert la tenue la plus chic que j'avais pu me payer pour mon premier jour d'université. Je pensais trouver des jeunes gens dévoués aux choses de l'esprit, peine perdue. Des filles de bonne famille lisaient Sartre entre deux séances de shopping et glissaient leurs livres neufs dans leur sac de marque. Rien n'allait avec moi, trop d'accent, trop provinciale, trop de cheveux, trop de voix, j'étais mal dégrossie. Mais en quelques années, la bouture avait pris, et comme la petite herbe qui pousse dans une fissure de goudron, je m'étais tant et si bien accommodée que le mimétisme était presque parfait. Pourtant, même après des années à tenter d'être sophistiquée, j'avais toujours le balconnet qui se faisait la malle et l'envie de me gratter les fesses en public à la moindre occasion sociale. Les vêtements chics ne suffisent pas à masquer nos travers. Cendrillon, passé minuit, n'est qu'une souillon mal peignée.

Et me voir ainsi au naturel me donne envie de m'enfuir au galop.

Mais je vais pas laisser mon prince charmant dans le coltard. Oublié à Paris, le démaquillant. Même si les yeux charbonneux sont à la mode, là on dirait que je sors carrément de la mine. À la guerre comme à la guerre, un peu de papier toilette frotté contre le savon qui se trouve là, en évitant à tout prix de se demander ce qu'il a lavé en dernier. Je tente un petit ravalement de façade façon BTP, à la truelle.

La tête blonde apparaît dans l'embrasure de la porte et me sort de mon chantier.

– Tu veux bien laver mes affaires ? Papa il peut pas bouger.

Quand je vous disais que Cendrillon doit rentrer chez elle tôt… Sinon elle se réveille en ménagère de moins de cinquante ans.

– Et qu'est-ce que tu as à laver, petit lapin ?

– Ben ma tenue de hockey d'hier, et mes bobettes, maman elle veut que je les ramène propres.

Il me tend ses affaires de sport et des petits slips.

– T'inquiète pas, y a pas de traces de brake dedans, tu peux regarder.

Je ne sais pas ce que ça veut dire, mais quand il y a les mots « slip » et « trace » dans la même phrase, j'en sais déjà bien assez.

Je me dirige vers la machine. Est-ce que j'y plonge

aussi les affaires de son père ? Je pourrais avoir de la compassion pour son état, mais si je le fais une première fois, je suis fichue, j'entre d'emblée dans la case femme d'intérieur. Il s'attendra à ce que je reproduise ce miracle, et puis aussi que je cuisine, et soudainement je serai transformée en fée carabosse du logis. Impossible de revenir en arrière après ça. Ses slips et le reste attendront, je préfère laisser encore planer le mystère, si tant est que ce soit possible à l'issue de cette semaine.

Mais où est le tambour de cette fichue machine ? Je suis face à une cuve avec au milieu un mât à hélice. J'ai beau chercher, il n'y a pas de compartiment pour la lessive, l'adoucissant, et l'eau de Javel. C'est quoi cette blague ! Je suis obligée d'attendre que la cuve se remplisse d'eau pour y mettre la lessive, et fais le pied de grue pour vérifier que rien ne déborde en appuyant sur un bouton au hasard. Tout se passe étonnamment bien. Ma fierté s'efface dès que j'ouvre la machine et découvre les vêtements complètement entortillés en boule au milieu. Les petits slips n'ont plus d'élastique, ils ont fini leur service enroulés autour du mât.

Je descends au salon pour retrouver ce qu'il reste de mon ange brun.

— Il faut ramener fiston chez sa mère, je suis hors service.

Ça me semble plus sage, en effet.

— Tu veux bien le faire ? Je suis pas capable de chauffer.

Là, soudain, l'idée me paraît moins bonne.

— Y a le GPS et il connaît la route. Je l'ai appelée, elle vous attend, pas de problème.

S'il le dit…

— Il va s'habiller tout seul, t'inquiète pas.

À l'âge de cinq ans, c'est là un concept à géométrie variable. Certes, il a saisi l'utilité du pantalon, le fonctionnement des manches et la nécessité de mettre des chaussures. Mais l'opération relève d'une performance aussi complexe que fantaisiste. Je me suis habillée en hâte, lui en est toujours à lever une jambe pour entrer dans son pantalon tandis qu'il a enfilé une chaussure au mauvais pied et qu'il a la tête prise dans son pull-over.

Je décide d'intervenir. Sauf qu'habiller chaudement un enfant qui gigote tout le temps, c'est coton. Mes couches me donnent des suées, j'ai l'oignon qui commence à frire. Quand enfin il est emmitouflé façon Esquimau, le couperet tombe :

— Pipi.

Le voilà qui court vers les toilettes en se déshabillant. Il faut tout recommencer.

Au bout d'un certain temps de gymkhana et d'échanges de « Tire ! – Mais non, pousse ! », il est empaqueté et prêt au départ. Je démarre la voiture, un tout-terrain break. J'ai vraiment pris un coup de vieux. Niveau séduction, au volant de ce genre d'engin, on passe directement à la case MILF, *Mother I'd like to fuck.*

Zut, j'ai oublié le gosse. Je descends et l'installe dans le siège-auto placé à l'arrière, le saucissonne avec tout ce qui semble s'attacher et embraye à nouveau. Tandis que le GPS nous guide jusqu'à l'appartement de sa mère, je me rends soudain compte que je vais la rencontrer.

À quoi elle ressemble d'abord, l'ex ? Ça c'est la grande question à laquelle on a toujours tendance à répondre en se ruant sur Facebook. Je vais aller y faire un tour, juste pour voir. Pour être mieux préparée. C'est pour son bien. Si ça se trouve, elle a un énorme poireau sur le visage, et je ne voudrais pas avoir l'air dégoûtée en la voyant. Je ne peux pas regarder sur mon téléphone en conduisant, y a le gamin derrière ! Je sais bien que ces voitures automatiques, ça se conduit tout seul, mais on ne va quand même pas rouler en chasse-neige. Je m'arrête sur le bas-côté.

Merde, je ne connais même pas son nom.

– Dis-moi, petit chat, elle s'appelle comment maman ?

– Ben môman.

J'aurais dû m'en douter.

Il faut absolument que je la voie, pour savoir si elle est mieux que moi. C'est idiot, mais c'est viscéral. Est-ce qu'elle est drôle, légère, souriante, avec plein d'amis, des photos de voyages, de son petit, de sa vie parfaite, qui va bien me renvoyer à la mienne bien moyenne ? Gabriel doit être ami avec elle, je vais aller voir son profil. Je ne connais que son prénom, Vanessa. Ça sent les épices et la cannelle, les cheveux longs toujours bien coiffés, ça. Catastrophe, il y en a une vingtaine… je fais une overdose olfactive.

Mauvaise idée d'aller sur le profil du caribou. C'est qui toutes ces greluches qui commentent ses toiles ? Comme si tout ce qu'il poste était à se pâmer ! Reste concentrée. Internet est une boîte à frustrations qui ne reflète pas la réalité, tu le sais. Mais pourquoi il aime leurs commentaires alors ?! Comment il peut passer du temps à les lire ? Si ça se trouve, il leur écrit, leur répond, elles lui donnent rendez-vous, elles voudraient tellement faire partie de ses modèles. Y a vraiment pas de quoi, il est plutôt cubiste. On pose pour lui, on se retrouve la tête compressée façon César, les seins au niveau des genoux, et en plus on en a huit. Avec trois bras. Pas de quoi se sentir muse. C'est sûr, il leur parle. Il me ment forcément, sinon il ne serait pas si génial.

C'est à cause de Facebook. Au commencement de l'humanité, les hommes ne mentaient pas. Certes, avec le cerveau pas plus grand qu'une cacahuète préhistorique, il leur était difficile d'inventer des excuses imaginaires pour traîner leurs bonnes femmes par les cheveux jusqu'au fond de leurs grottes. Non, leur cacahuète cérébrale était déjà bien occupée à manger, dormir, et dégueulasser les murs en les taguant comme des sagouins. Puis ils ont commencé à parler. Et là, tout est devenu très compliqué. Les femmes ont demandé des explications, les hommes ne savaient pas quoi dire. Alors ils ont brodé. Et aujourd'hui, quelques milliers d'années plus tard, à l'ère d'Internet, il n'y a que deux choses qui ne mentent pas : votre meilleur ami homo quand vous lui demandez solennellement : « Est-ce que c'était une bonne idée de me faire une frange ? » et les enfants. J'en ai justement un spécimen sur le siège arrière. J'essaie de l'imaginer en version femme avec des cheveux longs, des seins et trente ans de plus. J'ai l'image de son père en travesti dans la tête maintenant !

Quelle serait la pire configuration ? Qu'elle soit plus grande que moi ? Plus jeune ? Moins cernée ? Quelle est la pire ex possible ? Celle qui est tellement intelligente qu'on court repasser nos fiches pour le bac ? Non, c'est la bombe au lit. Celle qui lui a fait découvrir son anatomie mieux qu'un livre de sciences nat' et qui nous donne des complexes et des lumbagos à force de vouloir faire comme elle. Non, la pire, c'est celle qui lui a donné un enfant. On aura beau lire le *Kâma-Sûtra* en entier, peu importe ce que notre entrejambe peut faire comme tour de magie, on peut même en faire sortir une colombe, ça sera toujours moins impressionnant que ce qu'elle a fait *elle*, et ce qu'ils ont vécu. Non, la pire des pires, c'est la PGM, la pouffe génétiquement modifiée, celle dont le gros bonnet met notre décolleté maigrichon au tapis. On peut avoir un travail de rêve, être brillante et reconnue, quand l'ex a des plus gros seins que nous, en une seconde on ne vaut plus rien.

Un coup d'œil dans le rétroviseur. Je ne suis pas douchée ni maquillée. C'est même plus une MILF, c'est carrément la case vieille roulure ! Déjà face à ses chaussures, ça faisait beaucoup, mais me retrouver face à elle dans cet état, c'est une des pires hontes qui soient. Et si je sonnais et partais en courant en laissant le gamin sur le perron ?

Elle ouvre. Elle est aussi brune que je suis blonde, la peau dorée, et les formes plus généreuses. Nous

nous observons immobiles, règlement de comptes à Ok Corral. Son regard me dit : « Lâche l'enfant et recule de trois pas. » Elle est prête à dégainer, moi je lui tends avec le peu de dignité qu'il me reste le paquet de linge contenant les slips déchiquetés, en espérant qu'elle ne l'ouvre pas devant moi.

– Tu veux-tu un café ou quelque chose d'autre, tu vas pas partir comme ça, il fait frette !

Impossible de refuser son invitation, j'entre. Quelques jouets traînent et une photo de famille trône à côté de la télé. J'aurais préféré la découvrir sur Facebook finalement. Elle est un peu trop réelle soudain, la vie passée de mon Québécois. Je reste figée, j'ai l'impression d'être une briseuse de ménage. L'intérieur est impeccablement rangé en plus, ce doit être une fée du logis.

– Viens t'asseoir ici ! Je suis très contente de te rencontrer !

Souris, dis oui à tout.

– Ce serait posh de pas jaser un peu.

– Sans doute.

– J'espère qu'il a pas dit trop de niaiseries sur moi ! T'as dû penser que j'étais bien plate.

C'est visiblement pas le cas.

– Il ne m'a pas parlé de ça, non.

– T'inquiète pas, il m'a pas dit grand-chose non

plus, il se garde une petite gêne sur ses rencontres. On se dit pas tout !

J'espère bien…

– Tu sais, yé peut-être pépère, mais c'est un cristie de bon gars.

Elle va quand même pas me faire l'article de son ex ?!

– Ça me fait tout drôle de parler de ça avec toi, je réponds. En France, c'est plutôt un principe, on déteste l'ex de son copain. Et la nouvelle copine de son ex, on l'invite pas à prendre un café. Sauf si on veut la trucider, lui couper les cheveux aux ciseaux si elle s'approche encore de lui.

J'ai oublié que le cynisme et l'ironie, c'est pas leur truc aux Québécois. Elle me regarde bouche bée.

– Mais pourquoi je ferais une chose pareille ? Ça a pas d'bon sens ! Ça a pas d'allure !

Le petit me sauve de mon mutisme en se ruant sur moi. Je crois qu'il va me faire un câlin mais il soulève mon pull d'un geste triomphal.

– Maman, elle a deux nombrils, regarde !

Non, ce n'est peut-être pas nécessaire qu'elle regarde. Le klaxon d'une voiture visiblement pressée de prendre la place que j'occupe en warnings me donne une bonne excuse pour filer sans demander mon reste. Avant que je ne disparaisse dans la neige, elle me propose que nous dînions un soir tous les quatre, avec son nouveau compagnon. Et puis quoi encore !

– Oui, ce serait sympa.

Je claque la portière, en me sentant bien française d'être aussi faux cul.

Perdue dans mes pensées, je finis par me perdre pour de bon. Le GPS n'a plus de batterie, et il n'y a pas de chargeur, j'ai beau chercher partout, rien. Me voilà dans un village encore plus petit que le nôtre à tenter de demander le chemin des Boules. J'alpague un homme devant une échoppe, et ne comprends pas un traître mot de ce qu'il me dit. Les « r », il ne les roule pas, il les tabasse. Je n'ai jamais entendu un truc pareil. J'entre dans l'épicerie et me renseigne auprès du seul client.

– On trouve plus de brol que de robes haute couture ici, me lance-t-il en me toisant.

Je réitère ma demande.

– Ah ben oui, peut-être, j'y suis déjà allé, une fois.

J'attends donc qu'il parle, mais il me fixe encore. J'ai un truc collé sur le visage ou quoi ?

– C'est à Houte-Si-Plou cette affaire. Je veux pas jouer avec vos pieds, mais je peux vous inviter à prendre un chocolat ? Où que vous alliez, je suis sûr que ce n'est pas si pressé que ça, pas besoin d'y aller à volle pétrol.

Décidément, ils sont charmants, mais celui-ci parle bizarrement. Et puis ça a l'air d'être un fétichiste des pieds.

— Dites-moi, c'est d'où votre accent, c'est du nord du pays, c'est ça ?

Genre je m'y connais en accents locaux !

— Oui, du nord de Bruxelles.

Un Belge ! Il a fallu que je tombe sur un Belge dans ce trou paumé !

Ses yeux mer du Sud me proposent encore de rester. Mais dès qu'il aperçoit le siège bébé, il s'excuse de m'avoir importunée. Forcément, un siège enfant dans un break, ça fait fuir les célibataires, même belges.

Je me tourne vers la tenancière.

— C'est à Saint-Meu-Meu ton affaire là. T'es pas correcte dans ce sens, faut qu't'ailles à droite après le village du Père Noël, pis tu vas trouver.

Le village du Père Noël, il ne manquait plus que ça.

Le Belge fait demi-tour, et me sauve du désespoir.

— Vous êtes chançarde de m'avoir rencontré là. Je vais vous amener, je passe devant, suivez-moi.

Je ne me fais pas prier et, en effet, au bout de cent mètres, je découvre un Père Noël géant sur le bas-côté, avec une pancarte indiquant que son village natal se trouve au bourg suivant. Après les trois rennes de carton-pâte, je reconnais enfin le chemin de la maison. Mon guide met les warnings à sa berline, le temps de venir taper à mon carreau.

– Ça m'a bien goûté de vous rencontrer. Vous êtes spittante.

C'est une blague. N'y a-t-il pas dans ce pays un compliment que je puisse comprendre ?

– Je veux pas être pelant mais si ça skette tantôt avec votre fiancé, sonnez-moi, me dit-il en me tendant sa carte avant de remonter dans sa voiture.

Xavier Remiche, maître-coq. C'est comme un maître-chien ? Mais qu'est-ce qu'on peut faire avec des coqs, on les dresse quand même pas au combat, ni pour la police ! Remarque, en Belgique, ils sont capables de tout, même d'avoir des coqs flics. Des coqs poulets, ce serait un comble ! À la frontière, ça aurait du cachet, pour renifler la drogue.

Le temps que je réfléchisse, il a disparu, et moi j'ai retrouvé la maison.

Savoir interpréter les signes

Gabriel est affalé sur le canapé, il n'a pas bougé. Mais il trouve la force de me tendre un petit paquet entouré d'un ruban en satin orange et rose. Un cadeau, comme ça, sur un coup de tête ? Je soupèse la boîte, un peu inquiète.

Il y a une gradation dans le cadeau : un bonnet ou une écharpe ? C'est sans engagement. Un sac ? Seulement si affinités électives après passage à l'acte réussi. Des chaussures ? C'est une déclaration d'encouplement. Un bijou ? C'est le stade suprême. Mais là encore, ne surtout rien précipiter. Une boucle d'oreille signifie : «Tu me plais vraiment», un bracelet : «Je tiens à toi», une bague : «Je t'aime et je pense souvent en me rasant que tu pourrais être la femme de ma vie». Et s'il y avait une bague dans ce machin, ou un simple cache-oreilles ? Suis-je dans la phase sac à main ou bracelet ?

– Tu veux pas l'ouvrir plutôt ? renifle-t-il.

Il a raison, je devrais ouvrir le paquet, et me la fermer. Je plonge la main et sens comme une perle. Un bijou, oh je sens que j'ai du mal à respirer. Et... une plume. Une plume ?

L'air emplit à nouveau ma poitrine, il s'agit d'un attrape-rêve amérindien avec un ours dansant gravé dans une pierre. Je n'avais pas prévu ce cas de figure ! Un objet manufacturé de perles en bois, de cailloux et de plumes provenant certainement du cul d'une dinde, je ne sais absolument pas comment l'interpréter. C'est sûr, on est loin de la place Vendôme.

Il guette ma réaction avant d'éclater de rire.

– Je t'obligerai pas à le mettre au-dessus de ton lit, ne t'en fais pas.

Je l'adore, son cadeau.

– Merci de l'avoir ramené, et d'avoir été patiente avec lui. Je sais que t'aimes pas te retrouver dans l'eau chaude.

– Mais au contraire, j'adore ça !

Pour une fois que c'est lui qui ne me comprend pas, ça ferait presque des vacances à mon expression d'ahurie.

– Surtout quand il y a des bulles dedans, je surenchéris, me délectant de le voir les yeux écarquillés.

– Tu veux tu parler d'un spa ?

Je lui saute au cou. Quelle bonne idée pour nous

remettre de nos émotions ! Encore dégoulinant et suant, il acquiesce.

Un bain bouillonnant au milieu de la neige, le voilà enfin, le moment romantique de mon séjour ! «L'ours sauvage», ça en impose. J'ai été bien inspirée d'emporter mon maillot de bain. Pas un simple maillot, un trikini noir qui affine et allonge. De quoi sortir mon caribou de son hibernation.

Je jubile déjà dans le vestiaire, mais déchante en découvrant que nous avons inversé nos sacs, et que je me retrouve face à son caleçon. On tape à la porte de ma cabine.

– Ça va vraiment pas à tout le monde.

Il est planté devant moi, gainé dans mon maillot. L'espace d'un instant, je me dis qu'il lui va mieux qu'à moi. Il est vraiment pas mal en travelo ou c'est moi qui suis tordue ? Quelqu'un entre, je referme en hâte la porte de la cabine. Et nous échangeons nos maillots et un peu de salive.

Dilemme de taille, ma tête sera hors de l'eau et il fait toujours moins vingt dehors, geler du chef ou ressembler encore au grizzly ? Le bonnet sur la tête en trikini, y a quand même rien de pire pour séduire. J'ai apporté un cache-oreilles en fourrure beaucoup plus seyant. Le seul problème c'est que je n'entends pas grand-chose avec.

Nous courons dans nos peignoirs blancs et petits chaussons en éponge sur les pierres gelées du sol pour rejoindre le bassin. Une épaisse fumée s'en dégage, la nuit tombe, des daims s'approchent entre les arbres. C'est le paradis blanc. J'ai trop chaud, je me sens ébouillantée, les cheveux plaqués sur le visage et le mascara qui coule, un des poils du cache-oreilles logé dans mon nez me démange. Lui est toujours parfait. Il m'attire vers la grotte factice creusée dans la roche, personne à l'horizon. La fièvre semble lui donner d'heureuses idées. Nous nous rapprochons. Il glisse. Je ne sais vraiment pas comment ils font dans les films pour avoir l'air naturels.

C'est trop vite l'heure de sortie du bain. Les peignoirs mouillés se sont rigidifiés. Quelqu'un a piqué mes chaussons ! Le Québécois aussi peut être fourbe ! Gabriel m'offre les siens. Avec la grâce du pingouin sur la banquise, je me dandine en peignoir congelé et claquettes taille 43. Lui avance ses plantes de pieds nus collant au givre. De la fumée se dégage de son corps de démiurge.

Direction la salle des massages, où l'on nous recouvre d'une couverture. Avant d'avoir eu le temps d'en voir grand-chose, je l'entends ronfler. La masseuse, de ses mains viriles, me bouchonne la graisse, me pétrit le postérieur, toutes mes tensions se relâchent, je suis assommée.

Requinqué par son somme, Gabriel me propose de dîner dehors. Chic, un tête-à-tête ! Pas tout à fait. Il se gare devant un fast-food de bord de route. Des licornes fluorescentes et des chevaux ailés tapissent murs et plafond, les néons crachent une lumière aveuglante, les couverts sont en plastique. Des bols contenant des frites nappées de fromage fondu et trempées de sauce à viande arrivent à peine avons-nous eu le temps d'ôter nos manteaux. Face à face avec la poutine, le plat local.

— Les relations longues distances, ça peut poser problème. Si tu spotes un gars que tu trouves cute, vas-tu sauter la clôture ? me demande-t-il, un peu timide.

— Je suis pas un cheval, ça m'arrive rarement d'avoir envie de sauter au-dessus d'une clôture quand j'en vois une…

— Non, je veux dire, si un autre homme te plaît et que tu vois que c'est réciproque, est-ce que tu vas y aller ?

La discussion le met si mal à l'aise qu'il fixe la table tandis qu'il écoute ma réponse. À force de fréquenter des Parisiens, j'en ai oublié qu'un homme, ça peut parler de fidélité, et c'est mignon.

– Chuis tellement une bébitte à sucre.

Je lui tends la salière, avec un sourire béat un peu dégoulinant.

– Tu veux-tu te marier toi ?

C'est trop, je m'étouffe avec ma poutine. Vite, trouve une réponse. Fais-lui croire que tu es une princesse qui rêve d'une belle cérémonie à l'église. Mais en même temps, tu risques de lui faire peur et de voir l'empreinte de sa silhouette dans le mur comme dans les dessins animés.

C'est imprudent de demander ça à une femme qu'on connaît à peine, qu'est-ce qu'il veut que je réponde ? Personnellement, je n'ai jamais réussi à m'imaginer plus loin qu'une SCA, une société civile amoureuse, signée avec une charte d'indépendance relationnelle :

« Tous les actionnaires de cette relation s'engagent à respecter au quotidien les principes inscrits dans le présent pacte :

1. Principe général d'indépendance. Depuis le jour de ma création, je suis une entité à part entière avec une capacité d'autonomie supérieure à celle d'une batterie de téléphone, une viabilité intellectuelle et économique, bref, je pense et je gagne ma vie toute seule, j'espère qu'il en est de même pour toi. On peut avoir des activités en commun, mais on a deux

cerveaux séparés, c'est pour en faire usage. Les "On a aimé ce film", "On a détesté cette exposition" seront proscrits par la loi.

2. Égalité de traitement. Si je fais les courses, tu fais la vaisselle. Aucun des deux ne tirera avantage de l'autre actionnaire de la relation, sans prendre soin de lui. Un "Je t'aime" est égal à un câlin, un "Qu'est-ce qu'on mange ?" à une nuit de chasteté imposée.

3. Principe de transparence. Tu ne me la feras pas à l'envers, on est là chacun par envie mutuelle, si ce n'est plus le cas, merci de me le dire. Si une tentation d'acquisition-fusion avec une autre société se profile, merci d'en prévenir l'actionnaire qui prendra ses dispositions, et te fera une OPA dans ta face.

4. Conflit d'intérêts. La SCA pourra être amenée à rencontrer des conflits divers. Le principe suivant sera toujours applicable : tu as tort, j'ai raison. »

Sur la toile de papier recyclé qui fait office de nappe, deux crayons de couleur ont été oubliés. Il se saisit du premier et, me tendant l'autre, commence une forme. Un seul trait, continu, simple et court, sans signification particulière. À moi d'en faire un à partir du sien et, ensemble, tour à tour, nous ferons un dessin. Sera-t-il harmonieux ou grossier ? Nos traits, nos inconscients s'épouseront-ils dans la grâce ou se repousseront-ils dans une laideur criante ?

165

Je fixe la toile et réfléchis. Je considère le quadrillage de la nappe en abscisses et ordonnées pour tenter de respecter une échelle et des proportions, m'interroge sur la forme finale : ferai-je un animal, une construction, une chimère ? Je suis là, crayon armé et main levée, toujours immobile, tétanisée à l'idée de mal faire.

– Fais un simple trait, me sourit-il, sans réfléchir, laisse ta main faire.

Ben voyons. Trente ans que je suis une cérébrale, c'est pas parce qu'il me regarde avec ses yeux de merlan frit – ou « les yeux dans la graisse de binnes » comme on dit ici – que je vais changer comme par miracle. Je ne sais pas pourquoi, dans les deux cas, l'amour naissant s'apparente à de la friture ou de la graisse, quelque chose de huileux en tout cas.

Enfin, j'ose, je gribouille autour de ses marques. En deçà des mots, c'est un jeu hors du temps où l'on voit se dessiner l'âme de l'autre en face. Chaque rond, chaque angle, chaque pointe dit plus de lui que bien des paroles. C'est comme semer des cailloux pour retrouver le chemin de son âme d'enfant, Petit Poucet devenu grand, à l'âge où l'on est capable de dessiner sans juger, d'aimer du même élan, juste gratuitement, pour un instant, sans autre finalité que de partager un beau dessin.

Le nôtre ne ressemble à rien, mais je l'aime. Bon,

il porte les stigmates de notre dîner, quelques projections de vin et de sauce, mais je l'aurais bien glissé dans ma poche si je n'avais eu peur qu'il me trouve ridicule.

– Bonne nuit, ma chérie, me glisse-t-il dans l'oreille, les yeux déjà mi-clos.

J'ai le cœur qui joue à saute-mouton. Comment peut-il me balancer un missile émotionnel et s'endormir juste après ? Réponds quelque chose ! Mais n'est-ce pas trop tôt ? C'est quoi le bon moment pour se mamourer à coups de « mon chéri » ? Qui doit le faire en premier ? Et surtout, est-ce que celui qui le dit aime le plus ? Là, ça commence à faire long, vite, dis quelque chose, n'importe quoi, réponds-lui. Oui, mais est-ce qu'un « ma chérie » ou « mon amour » dit au lit révèle ses sentiments profonds, ou est-ce juste une préfiguration verbale de l'orgasme qui s'apprête à le traverser ? Soyons pragmatique : un peu des deux. Il a pris du plaisir, mais c'est pas la voisine qui le lui a donné, pas la peine d'aller chercher plus loin. Sauf que moi je veux des réponses tranchées, là où les hommes sont en demi-teintes, entre chien et loup. C'est idiot, y a rien entre le chien et le loup, à un moment faut se décider. À la limite des chiens-loups, mais ça reste des chiens. C'est comme mi-figue mi-raisin, c'est pas non plus possible, ça n'existe pas un fruit à cheval entre les deux. Réponds, bon sang, tu vas laisser passer l'instant ! Mi-âne mi-cheval, ça, ça aurait été une bonne expression ! Entre l'âne et le cheval, y a la mule, ça veut dire quelque chose.

Mais est-il amoureux de moi ? Comment on sait ce genre de chose ? Au début, l'autre est amoureux par moments, en discontinu. Quand il a envie de nous, quand on n'est pas là, quand il parle de nous, quand il respire notre odeur dans notre cou, quand il replace nos cheveux, quand il met dix minutes à trouver la réponse à notre message, quand il cherche dans le dictionnaire pour ne pas faire de faute. Signe presque infaillible d'un type qui tombe amoureux : la résistance qu'il oppose. Plus il est déstabilisé, plus il perd pied, plus il tente de se raisonner : ce n'est pas le moment, ça n'ira pas sur le long terme, il doit se concentrer sur sa carrière. Moi, je ne sais pas déceler ces signes, je veux me sentir aimée en continu. J'accepte mal les hésitations, les temps morts, les changements d'altitude émotionnels. Je voudrais qu'il soit prêt à déplacer des montagnes ou une colline, un petit mont ou juste un caillou.

J'ai rien répondu, ça y est, il ronfle. C'est fou, cette tendance à demander aux hommes ce que l'on est soi-même incapable de donner, non ? Demain, j'arrête de faire ma tête de mule, je deviens une vraie femme.

Être une vraie femme

Il dort encore lorsque j'ouvre les yeux. Il est tellement beau entre deux ronflements. J'ai l'impression qu'il ne bourdonne que d'une narine. Il faudrait pouvoir libérer le passage, je suis sûre qu'après il serait aussi silencieux que mon aspirateur. Peut-être que si je prenais le manche d'un de ses pinceaux qui traînent partout, que je l'enfonçais doucement, ça créerait une ouverture. J'ai envie de l'embrasser, comme dans *La Belle au bois dormant*. Il reviendra à la vie par la puissance de mon contact, et il n'aimera plus que moi.

Je me rends brusquement compte que ça fait quelques minutes qu'il me regarde, à quatre pattes sur le lit en train de lui ausculter les narines.

– Tu comptes me tirer les vers du nez si tôt le matin ?

Je souris et lui dis de se rendormir.

Comment fait-on pour être une vraie femme ? J'ai

l'outillage mais pas le mode d'emploi. Une seule solution, demander à Sidney, mon ami homo. Je me faufile en bas, trouve un coin de la maison où je capte – miracle ! – l'Internet sans fil et m'empresse de l'appeler par Skype. Il est à son bureau, moi dans l'escalier en bois sous une énorme tête de cerf. Il décroche et a un mouvement de recul.

– Oui, je sais, la tête de cerf ça me fait ça à chaque fois aussi.

– C'est ta tête à toi qui me fait peur ! T'as une mine affreuse !

– On s'en fiche ! « Bonne nuit, ma chérie. »

– Oui, moi aussi je t'adore, mais tu m'appelles pas pour me souhaiter bonne nuit à 14 heures, *darling*, si ?

– Non… Hier soir, il m'a dit : « Bonne nuit, ma chérie. »

– C'est génial ! Tu lui as fait une gâterie du coup ?

– Mais non !

– T'as dit quoi ?

– Rien… Tu crois que ça veut dire quoi ? Qu'il a des sentiments pour moi ?

– Ben à moins que vous ayez été plusieurs dans la pièce, ça paraît évident.

– Je sais pas, moi, je me dis qu'il l'a dit juste comme ça, parce qu'il aime bien le dire, peut-être parce que ça lui manque de le dire à son ex, mais que c'est pas vraiment à moi qu'il s'adresse.

– C'est fou ce que vous êtes compliqués, les hétéros quand même. Y a qu'une question à se poser : est-ce que toi tu en as pour lui ?

– …

– Tu fais une tête de constipée, c'est par la bouche qu'il faut le sortir, allez, un petit effort, dis-le : tu ressens quoi pour lui ?

– J'en sais rien. J'ai envie qu'il soit mon Beau au bois dormant.

– Et il est où, là ?

– Il dort.

– Attends, il est tout seul dans le lit et toi t'es là à parler sur Skype en transatlantique dans un escalier ?

– Tu crois que je devrais aller lui dire ?

– Non, tu vas pas lui dire, tu vas lui montrer. Là, c'est plus seulement la bouche qui doit parler, *darling*.

Je ferme le clapet de l'ordinateur si énergiquement que je casse sans doute l'écran, bien décidée à enfin oser montrer ce que je ressens. C'est peut-être ça, être une vraie femme : assumer ses sentiments, et savoir les dire même sans la bouche ? Enfin, selon les conseils d'un gay parisien. J'en ai pas de meilleurs sous la main, je vais suivre mon instinct.

Plus d'enfants dans les parages, plus d'amis, plus

d'ex, plus de grippe ou presque, je me faufile sous la couette, prête à dévoiler ce que je suis incapable de dire. Un seul petit mot glissé avant de s'endormir m'a fait accepter de me donner en oubliant mes complexes et mes craintes.

Le soleil est à son zénith, puis au déclin quand la faim nous pousse à sortir de notre tanière.

– Ça te dit d'aller voir les Dragons de Montréal ? me lance-t-il tandis que je suis en mode cigarette-plutôt-fière-de-ma-prestation.

Il a le sens de la formule cet homme, vraiment. Je ne sais trop que répondre. J'accepte sans avoir la moindre idée de ce qu'il entend par « dragons ».

Nous roulons sans un mot – c'est fou ce qu'un silence peut être léger quand les corps sont en phase – et arrivons dans le Village, à Montréal. Nous descendons la rue Sainte-Catherine, qui n'a rien de très catholique. Des bars, des clubs, des sex-shops, des antiquaires, des magasins de déco, nous sommes dans l'un des plus grands quartiers gays du monde. Un mélange de bâtiments pauvres, d'autres peints par des artistes, à gauche la pire misère de l'Amérique du Nord, à droite le meilleur d'une culture qui ne veut céder à aucun diktat ni aucune morosité. Les policiers patrouillent à cheval dans des uniformes si charmants qu'on dirait les figurants d'un film de cow-boys. Sidney adorerait cet endroit !

Nous garons la voiture près d'une patinoire. Comme s'il ne faisait pas assez froid à l'extérieur. Sitôt entrée, j'aperçois un grand type nous faire des signes. C'est William, l'un des amis de Gabriel que j'ai rencontrés deux jours plus tôt lors de notre petite sauterie. Il met son casque et rejoint d'autres hommes sur la piste. Les Dragons de Montréal sont une équipe de hockey exclusivement gay.

Gabriel revient avec deux bières dans d'immenses gobelets en plastique, m'embrasse, et nous voilà embarqués dans ce match très amical… Moment de pur romantisme à la québécoise sans doute. Personnellement, après l'amour, j'aurais plus imaginé un lieu cosy, un film, un bain. Il me tend mon gobelet et me fait un clin d'œil, faudra se contenter de ça.

Ils ne sont pas programmés pour les rapports de séduction, les Québécois, ils ne savent pas faire. Cela a certes des bons côtés. On peut passer devant un chantier sans avoir l'impression d'être un steak exposé sous le nez d'une rangée de chats maigres. Le Québécois respecte trop la femme pour aller mettre sa main là où il ne faut pas, sauf si on le lui demande. Là, il la mettra où l'on veut, mais on ne sait pas trop si c'est par politesse ou par désir. En revanche, les fleurs et les poèmes, faut oublier, ça n'arrivera pas. Il nous parle comme à un de ses chums, et c'est déroutant.

Sur le terrain, aucun contact violent, tout le monde s'amuse, et joue pour le plaisir, de quoi me réconcilier avec les sports d'équipe masculins. Égayés par le houblon et la testostérone du lieu, nous poursuivons la soirée dans un club de la rue, le *Stud*, «un bar d'hommes où les hommes aiment les hommes». Le slogan est comme tout le reste ici, il affiche la couleur.

Gabriel a filé en me disant : «Je te reviens vite», me laissant avec William, dont les cheveux roux sont ébouriffés par l'effort et contrastent avec son petit gilet sans manches en cuir. La musique est forte, tout droit mixée des années 1980. Autour de moi, les bretelles en latex et casquettes d'officier jouent des coudes. Le bar est bondé, ils font tous une tête de plus que moi, je n'ose plus toucher à quoi que ce soit. Ces gars-là manient la crosse de hockey aussi bien qu'ils se déhanchent sur du Queen.

Mon homme invisible finit au bout d'une heure par refaire surface, j'ai soudain comme un éclair qui me traverse la colonne. Où a-t-il disparu pendant soixante minutes ? Et si c'était ça la tare que je guette depuis le début ? Si ce petit gars de la marine était à voile et à vapeur ? Mille visions d'horreur me traversent l'esprit, je scrute tous les visages, et ceux qui me sourient deviennent ses complices potentiels. Ils savent quelque chose.

– Ferme les yeux, tends la main.

Vu l'endroit, j'ai pas vraiment envie. Peu importe, il me tend un petit paquet, tandis que les gars de l'équipe agitent le leur sous mon nez. J'ouvre, assez interdite, et je découvre un coffret à bijoux Art déco, en acajou, avec de la nacre finement ciselée. Il vient de me couper les jambes. À Paris, le soir de notre rencontre, j'avais mentionné mon goût pour les Années folles. Il a prévu son coup, et s'est absenté dans une des boutiques d'antiquités d'à côté. Il est fort, très fort. J'ai reçu le plus petit paquet de toute la boîte de nuit, mais c'est celui qui m'a fait le plus plaisir. La vraie femme que je suis devenue ce matin se rue sur lui et lui roule un patin d'adolescente, mon coffret tenu en l'air comme l'objet le plus précieux que l'on m'ait jamais offert.

Jouer le contre-la-montre

Je me réveille seule dans le lit. Mon Québécois est déjà habillé, plus taiseux que d'habitude. On entendrait un caribou voler à des kilomètres à la ronde, tant le silence est assourdissant. Il s'est mué en muet. Plus un mot, il a fermé les frontières, on dirait une huître pendant la grève des ostréiculteurs. Le départ pour l'aéroport approche et nous n'avons toujours pas eu LA conversation avant que je parte, celle où l'on se demande si l'on est ensemble ou pas.

Le stress monte en faisant ma valise, je tire tellement la gueule qu'elle touche terre. Qu'est-ce que j'ai dit pour le mettre dans cet état ? Rien justement. Le plus rédhibitoire pour un homme ? Que les femmes doutent. Les hommes doutent déjà tellement d'eux-mêmes sans jamais vouloir le montrer, alors si nous nous mettons – nous aussi – à douter d'eux, ils s'écroulent. Et hier, j'ai douté. J'ai été chercher midi à quatorze heures. Or les hommes, ça sait pas lire l'heure. Enfin, ça fait semblant.

Sauf qu'il est justement midi, l'heure de charger ma valise dans la voiture. Nous arrivons à l'aéroport, et nous asseyons dans la cafétéria glauque où la musique ringarde rend la tâche encore plus difficile. Le temps nous est compté, on commence à appeler les passagers pour l'enregistrement. Nous sommes tous les deux gênés, il fait la tête du caneton emmené à l'abattoir, moi celle de l'oie qui attend d'être gavée. La gastronomie française doit vraiment me manquer pour que cette image me semble la plus appropriée…

Le vent a dû tourner pendant la nuit. Qu'est-ce qui a pu se passer ? Pour une fois que je dormais sereinement, c'est lui qui a dû cogiter. Je sens que je vais devoir m'auto-larguer. L'auto-largage, ça consiste, quand un homme nous plaît vraiment et que l'on a peur qu'il nous claque dans les doigts, ou que l'on pressent qu'il est déjà en train de le faire, à se saborder nous-mêmes avant qu'il ne nous lâche. On coule quand même, mais avec dignité. Je vais lui dire que je ne me sens pas de continuer, que la distance, son ex, son fils, le froid, tout ça, c'est trop pour moi. Ou alors, pour une fois, je pourrais ne pas décider du scénario et de la fin du film toute seule, je pourrais juste écouter ce qu'il a à dire, même si, vu sa tête, ça a l'air terrible.

Comment lancer les hostilités ? «Alors, on fait quoi ? », trop direct, ça fait règlement de comptes. «Dis-moi tout», non, ça fait confessionnal. «Accouche !», injonction psychanalytiquement assez louche. «Faut qu'on se parle», non, il n'y a que trois suites possibles dans la tête d'un homme à cette phrase – par ordre de gravité : «Je suis enceinte», «Je te quitte», «J'ai une MST». «Je t'écoute», oui, c'est bien.

Et au moment où je le dis, au détour d'un regard, je perçois un immense vide dans ses yeux, un chaos de non-dits. Il ouvre sa bouche providentielle :

– Je suis pas prêt.

Si, finalement, entre chien et loup il y a quelque chose, il y a «Je suis pas prêt».

Est-il totalement naïf, inconscient, ou idiot ? Parce que moi je suis prête, peut-être ? Il pense que j'ai le mode d'emploi des relations réussies incorporé dans le disque dur ? J'ai traversé un océan, bravé mes peurs, accepté son quotidien. On a fait ce qu'il voulait *lui* durant cette semaine, j'ai suivi son rythme, ses goûts, mais les miens ? A-t-il fait l'effort de se mettre à ma place une seconde, moi qui ai joué la femme des bois ? Un homme, ça doit être prêt, en revanche une femme, ça l'est forcément, il n'y a même pas à se poser la question ? J'ai comme une envie de crever ses pneus – en même temps, si je sors un couteau dans un aéroport, je vais finir menottée –, de découper toutes ses fringues dans son placard, de cramer son ordinateur, de remplir ses canalisations de ciment, ou sa voiture d'huile. Une huile qui pue bien, de ricin, ou de foie de morue.

Je ne fais rien de tout ça, je garde les bras croisés pour éviter de lui en coller une et tente de faire bonne figure : contrôle des glandes lacrymales, mobilisation des muscles faciaux autour de la bouche pour esquisser ce qui ressemble plus ou moins à un sourire compassé. En apercevant mon reflet dans le miroir en face de moi, j'ai l'impression de ressembler à la Joconde. Je crois que je viens de percer à jour le secret du demi-sourire de Mona Lisa. Un type vient de lui dire : «Je suis pas prêt.» Elle tente de garder la tête haute, affiche une mine timide, mais ses yeux disent : «Je vais te faire la peau, et de la taxidermie avec.»

Je revois toutes les fois où il a eu cet air perdu, les moments où j'avais l'impression qu'il n'était pas vraiment là. Et je me rends compte que mon homme idéal ne l'est pas tant que ça. Soudain, sa petite bouche semble inconsolable. Voilà pourquoi il sourit tout le temps, pour masquer ce qui se joue en lui. Il ne s'est pas autorisé à dévoiler ses doutes, ses inquiétudes, et visiblement il y en a beaucoup. Je suis totalement passée à côté de sa richesse intérieure parce qu'il la tait, il cache son petit trésor de peur qu'on le lui dérobe. Mon homme idéal est finalement aussi cabossé que je le suis, il se pose mille questions, mais les planque au fond de lui, comme la noisette dans la joue de l'écureuil. Derrière nos protections, ce sont bien les mêmes craintes qui nous éloignent en cet instant.

– Mesdames et messieurs, le vol est *prêt* pour l'embarquement.

Ça en fait au moins un !

Je prends Gabriel dans mes bras une dernière fois, et me rends compte que je lui ai fait un suçon. Je lui dis qu'il a l'air malin à presque cinquante balais avec un suçon d'adolescent au milieu du cou ? Non, il n'a qu'à s'en rendre compte tout seul. Je passe le contrôle de sécurité. Surtout ne pas se retourner, je n'ai pas envie qu'il me voie pleurer. J'avance sur la passerelle, je ne suis déjà plus au Québec mais pas encore en France, je suis hors sol pendant quelques instants. Dans l'avion, un magazine affiche en couverture une publicité pour des *prêts* immobiliers proposés par une banque. Décidément….

Mon téléphone vibre, j'ai le cœur qui va exploser. Non, faut pas dire ça dans un aéroport, je vais vraiment finir menottée. Un message : « Au fait, c'est combien de temps pour faire cuire un œuf à la coque comme tu les fais ? » C'est à ça qu'il pense ? Ce seront ça ses derniers mots ?! Mais qu'il aille se le faire cuire, ce goujat ! Mes œufs, ils partent avec moi. Qu'il se débrouille !

Je sens dans mon sac que j'installe dans le coffre à bagage la petite boîte à bijoux qu'il m'a offerte. Je prends soin de la sortir pour ne pas la casser, c'est à peu près tout ce qu'il me reste de lui. J'ouvre le tiroir. Heureusement que je suis assise car sinon je tomberais directement dans la soute à bagages. Il y a glissé notre dessin, celui aux stigmates de notre dîner à la poutine, et que je n'avais pas osé prendre devant lui pour ne pas faire midinette. Les larmes commencent à monter tandis que le signal lumineux indique de boucler sa ceinture de sécurité. Et qu'est-ce que je lui ai offert, moi ? Est-ce que j'ai été la femme idéale, avec mes attentes et mes exigences ? On leur demande de nous aimer passionnément, presque pour deux, alors qu'on est souvent pas fichue de leur dire ce que l'on a sur le cœur. Je fixe la petite boîte.

Et si finalement c'était ça la réponse que j'ai attendue toute la semaine ? Pas besoin de grandes déclarations, pas besoin qu'il soit prêt. À trop vouloir créer de la magie et de l'exceptionnel, on perd de vue le quotidien que l'autre peut nous offrir. Les véritables histoires ne naissent pas des meilleurs moments mais des pires. Elles ne se révèlent pas dans les semaines ensoleillées au bord de la mer, mais quand il neige et que le chauffage est en panne. Vivre une vraie histoire d'amour c'est éclater de rire quand tout va de travers et déborde, se rouler dans la neige quand on ne supporte pas le froid, moucher un gamin dans sa manche quand on a peur soi-même d'avoir un gosse, tendre sa main pour rattraper l'autre s'il tombe alors que l'on cherche soi-même son équilibre.

Il n'y a pas de moment parfait où tout se met en place comme par enchantement, il n'y a pas de double qui, séparé de nous à la naissance, épousera parfaitement chacune de nos aspérités. Quel est l'homme parfait pour moi ? Juste celui qui me donne envie de sourire intérieurement même quand il me demande comment faire cuire un œuf. Ne plus avoir d'idéal préconçu, ne pas demander à l'autre de me dessiner un avenir quand je ne sais pas moi-même ce que je vais y mettre, ni d'effacer mon passé, mais juste laisser un présent s'esquisser.

J'ai envie de lui dire que ce qu'il cache le rend réel dans ses qualités autant que dans ses tourments, beau malgré les assauts du temps, les rayures sur la carrosserie et les pièces à changer.

Je viens d'avoir la révélation ultime, le secret pour réussir sa vie amoureuse et communiquer avec les hommes sans les faire fuir ni se poser mille questions :

exprimer ses envies plus que ses peurs. En rentrant, je répandrai la bonne nouvelle !

Vite, d'abord répondre à l'élu : « Trois minutes. Autant qu'il m'a fallu pour te trouver irrésistible dans cette galerie le premier soir, t'imaginer sans tes vêtements, et avoir ton rire dans ma tête. » Mes doigts ne tapent pas assez vite, l'avion commence à bouger.

– Mademoiselle, éteignez votre portable.

– Impossible, je dois envoyer ce message ! Vous ne comprenez pas, c'est une question de vie ou de mort. Enfin, d'œuf à la coque. C'est crucial.

– Éteignez votre portable ou je vous fais sortir de l'appareil !

– Mais sinon il va manger un œuf pas cuit !

Trois cents paires d'yeux se posent sur moi, je dois céder sous la pression. Trop tard. Je boucle ma ceinture.

– *Prêt* au décollage, lance le steward.

Je vais le lui faire bouffer, son micro ! J'éclate en sanglots. Nous avons déjà décollé. Avec tout ça, j'en ai oublié ma peur de l'avion.

Une main me tend un mouchoir en papier. Je n'ai même pas vu mon voisin s'installer. Je me retourne vers lui, les nuages bleus passent dans ses yeux.

– Vous avez retrouvé votre chemin ? m'interroge-t-il, avec un accent à couper la chique au Manneken-Pis.

Le Belge !

– Je sais pas trop.

– C'est tof de vous revoir. On a quelques heures pour faire connaissance.

C'est incongru, je suis sidérée de le trouver là ! Ça ne peut pas être un hasard ! Je dois lui poser la question qui m'obsède depuis plusieurs jours :

– Est-ce que vous dressez des coqs pour la police ?

Il me regarde avec un étonnement délicieux.

– Non, je suis chef-cuisinier. J'étais prêt à vous suivre à travers le village du Père Noël l'autre jour, j'aurais pas dû vous laisser partir.

Mes larmes se transforment en rire. Ô mon Dieu, ça recommence. Et si l'homme idéal était belge, finalement !

Femmes de dictateurs
Perrin, 2011 ; Pocket, 2012

Femmes de dictateurs 2
Perrin, 2012 ; Pocket, 2013

Les Derniers Jours des dictateurs
(sous la direction de Diane Ducret
et Emmanuel Hecht)
Perrin, 2012

Corpus Equi
Perrin, 2013

Femmes de dictateurs, l'album
Perrin, 2013

La Chair interdite
Albin Michel, 2014

Composition IGS-CP
Éditions Albin Michel
22, rue Huyghens, 75014 Paris
www.albin-michel.fr
ISBN : 978-2-226-31938-8
N° d'édition : 21891/01
Dépôt légal : octobre 2015
Imprimé au Canada chez Marquis imprimeur inc.